題名なき鎮魂歌（レクイエム）

楢木　守

題名なき鎮魂歌(レクイエム)

榾木守

目次

第一章　最後の予科練生

謙吾はひたすら走っていた。僅か百メートルほどの距離を。必死の思いだった。

グラマンＦ６Ｆが低空で執拗に機銃掃射している中を防空壕に向かって一直線に駈けていた。

あと数メートルで俺達が設営した防空壕に入れる・・・その瞬間銃弾が左上腕を掠めた。

焼ける様な熱い感覚と同時に鮮血が隊服からほとばしり、もんどりうつ様にその場に倒れこんだ。

そして這う様にして横穴に潜り込んだ。先に避難していた大平が「菅原ッ！大丈夫かッ傷見せろッ…」と大きな声が耳元で響いた。隊服の片袖を脱がされ、彼の腰に下げていた手拭いを取り傷口にきつく巻いてくれた。

昭和二十年（１９４５年）三月十日昼下がり。大東亜戦争の戦況は芳しくなくなっていた。
ここ土浦海軍航空隊　第二十四分隊に所属する、菅原謙吾はコンクリートの匂いが立ち込める防空壕の中で痛みを必死でこらえていた。

約一年前の昭和十九年春、甲種飛行予科練に合格し土浦に入隊した。

一年後のこの初春、第二十四分隊は谷田部航空隊に移動という事になった。

谷田部に移ってからは、飛行技術の訓練は棚上げされ、体操の後は只々防空壕設営隊としての任務を与えられていた。

毎日が土方作業であった。口の悪い大平は、「予科練じゃ無くなったな。土科連だ。」と嘯いていた。

謙吾達は日々セメント袋を拡げては砂利と混ぜたコンクリートを型枠に流し込んだ。

防空壕は三か所に設営された。尤も大事な地下通信壕は謙吾達が谷田部に来る前から設営されていた事を先輩達から知らされた。

厳しいモールス信号の訓練も無く割と自由な隊生活が営まれていたそんな中の一日、上空ではゼロ戦21型三機が模擬爆弾を胴体下に吊下げ急降下爆撃の訓練が行われていた。謙吾の二年先輩達だった。米軍機の来襲の合間に掩体壕から飛び立ち、ひたすら訓練を繰り返していた。


防空壕は基地から三百メートル程離れた鎮守の森の中に設営中だった。

珍しく空襲の警報も無い午後、謙吾達は森の中の櫟の幹に寄りかかり同期の多田や大平と言わずとも分かっている戦況の中、それぞれのこの先について話していた。

「俺は、早く特攻に行きたい…菅原…俺は行かなきゃならないんだ。郷里の事は全部姉さんに頼んで来た。…お袋も説得して出て来た。だからお国の為にこの身を役立たせたいんだ。…解るか?」多田が木漏れ日のさす木々の間から見える青空を見つめながら謙吾に言った。

「そんなの俺だって一緒だ。親父と兄貴は海軍に取られて親父は白木の箱で帰って来た。…兄貴は何処へ行っているのか分からない。…あちこちアメリカの野郎がのさばってきやがってよぉ。腹が立ってしょうがない。」事実空襲は日本中あらゆる都市に押し寄せていた。

「だがよお前ら、赤とんぼ（練習用複葉機）も乗せてもらえない俺達が土方仕事ばかりじゃ話にならねえよ。特攻々々と言うのも空しいぞ。」深川生まれの江戸っ子大平が、自嘲気味に俺の向かいの幹から声を掛けて来た。・・・そうなのだ。・・・アメリカとの物量差をここへきて俺達はまざまざと見せつけられていた。・・・だが、折角持って生まれた五尺の身体を無為に散らせる事などできなかった。・・・

『何かいい方策は無いのだろうか?』・・・

この年昭和二十年三月十日から五月二十五日にかけて本土の大都市（特に東京都）は爆撃により壊滅的な被害を受けていた。東京、大阪、名古屋、神戸とＢ２９による夜間焼夷弾爆撃で戦果を確認した米軍は本土の各地方都市へ照準を移していた。

本土防衛（防空）を任務としていたのは陸軍であったが全くもって効果が上がらなかった。

ヨーロッパ戦線はほぼナチスドイツ対英米連合軍の戦いであったが、襲来する爆撃機に対する撃墜率は日本に比してやや高かったに過ぎない。夜間迎撃機、高空照射システムと連動した高射砲レーダー探知技術等々。準備はあった。しかし大戦末期には自慢の高射砲部隊も弾薬不足、迎撃機も機数の損耗で思う様に効果は見られなかった。ドイツ本土と欧州の同盟国における焼夷弾と通常爆弾の比率はほぼ半々であったが、米軍は日本に対しては木造家屋の密集する我が国の家屋建造物の多さを捉えて９７％が焼夷弾であった。（註１）

為すがままと言っても過言ではないくらい本土が蹂躙されていた。加えて空母艦載機による容赦なき機銃掃射が各地を跳梁していた。謙吾達は谷田部に敵機来襲が無いのは特攻隊がいるからだと仄聞していた。だがそんな都市伝説は通用しなかった。

折しも三月十日夜　B29の大編隊が東京の下町を襲った。波状攻撃からなるアメリカ軍は第一陣が4か所の目標に大型の50キロ焼夷弾(しょういだん)を投下しその4か所に大火災を発生させた。

この爆撃照準点は次の爆撃の照準点となった。これはもとより東京の消火活動を麻痺させる事が目的であった。はっきりと言える事は、当初の軍需工場の（主に中島飛行機武蔵製作所）爆撃が不首尾な時は昂然と民家爆撃に切り替え民間人を殺戮する事に何の躊躇(ためら)いも無くなっていた事だ。これは、首都爆撃が開始された1944年（昭和十九年）十一月二十四日から始まった。

（ドゥリットルのB25による昭和十七年（1942年）四月十八日の首都近郊を襲った爆撃は一過性のものとしてその後無かった。）

高々度から多くは昼間に飛行機工場と軍需工業都市を重点とする戦略爆撃だった。

この様な昼間爆撃時は護衛戦闘機ノースロップP51が随伴していた。だがしかし、戦略目標の飛行機工場は迎撃されるリスクもあったのか、その日は荏原区（現目黒区）の市街地が爆撃、機銃照射された。以降一月二十七日には渋谷区の市街地が爆撃され、二十九日からは夜間爆撃に切り替えられ繁華街の銀座や有楽町が大きな被害を受けた。（死亡者530人余）・・・後の米側記録によるとB29の後部、前部、尾部銃座からの対戦闘機用対策で我が軍の迎撃戦闘機にかなり自信を持っていた事が伺える・・・空飛ぶ要塞と言われていた由縁であろうか・・・

昭和二十年二月二十五日アメリカ陸軍航空軍の172機のB29がマリアナ基地から飛立ち下町の市街地に対して新型焼夷弾の実験的投下を行った。木造の住宅密集地であり火災を発生させ住民を殺戮する事が主目的となってしまった。三月四日までのこの無差別爆撃で都民2000人が死亡した。

そして三月十日はかつてない大規模の爆撃が開始されたのであった。

その前日の九日深夜、千葉県房総半島先端の銚子市から約50km南にあたる上空を4機のB29が旋回していた。陸軍側もある程度の予測・・・大規模攻撃の偵察では？と懸念はしていた。

しかし内陸部を伺う事も無くただ旋回を繰り返すだけであったので、その意図を読めなかった。午後十一時三十分、4機の機影は本土から更に南へ消えた。東部軍管区は一旦出していた警報を解除した。一瞬の安堵であった。日付が変わった十日午前零時七分から房総半島上空をのべ325機の大編隊が通過した。

（先の4機は後の米戦略爆撃機隊を誘導する目的の先発隊であった。）

大編隊による波状攻撃は先陣の爆撃による燃え盛る火焔が、次の爆撃目標の目印となった。

否、もともと確とした攻撃目標などない、東から西への無差別絨毯爆撃でしかなかったからだ。しかも、低高度爆撃戦術（2000メートルから3000メートル）で都民は逃げ惑う事になった。

まして、指揮官カーチス・ルメイ大佐はごく低高度での爆撃を指示していたようだ。（オフレコで

300メートルでもいいぞと…）米側記録によると当日三航空団のとった高度は2200メートル・1900メートル・1600メートルであった。（報告による最低高度は1490メートル）だが、実際当時逃げ惑った人の証言から、高度300メートルはあながち嘘ではなかった様だ。

煙は確かに高く舞い上がったが、強風にあおられ流されそれにもまして火災による地上の明るさはB29の銀翼を昼間の様に輝かせた。地上の人々は逃げながらも爆音と爆弾の落ちてくる音に恐怖感を覚えた。

本土防衛の陸軍の二式戦闘機（鍾馗（しょうき）・単座）（屠龍・複座）が迎撃できる高度というリスクを冒してまでこの低高度爆撃を立案したカーチス・ルメイ大佐（のち少将）は日本軍の夜間迎撃戦闘機の能力を全く評価していなかった。また、高射砲部隊の砲撃力をも軽んじていた。高射砲部隊など高々度爆撃時に容赦なく爆撃で無力化してしまえばいいという判断だったからだ。

高高度爆撃（8000〜10000m）に対して陸軍、海軍の迎撃戦闘機並びに高射砲部隊は無力というほかは無かった。10000mを二式戦は離陸後二十分超かけて昇る。だがその高度から視認するB29はまだ上で航行していたし、二式戦の運動性能も極めて低下する高度だった。高射砲の有効射程は7000m。無力さは言うまでも無かった。

しかし、高高度レーダー爆撃の日本国への有効度は10%〜15%でしかなかった。ルメイの前任の司令官ヘイウッド・ハンセル准将は軍人らしく戦略的目標にこだわった。すなわち軍需工場（飛行機・戦車・船舶・弾薬等製造工場）を爆撃する事に異は無かったのだが、雲海の上からの爆撃精度は誇れるほどの成果は無かった。彼は、日本国民へ恐怖を与える低高度無差別爆撃、夜間焼夷弾爆撃を望むワシントンからクレームを付けられ、国共合作（註2）の中国大陸で日本軍と戦う事になった。要するに体のいい更迭であった。

後世、東京の街をぐるりと取り囲むかのような爆撃は市民の殺戮目的であったと言う非難が多々出ている。これは、当夜の下町地域限定のアメリカ軍が行った無慈悲な戦術がもたらした許されない爆撃の結果論であった。

先に述べた低高度爆撃での爆撃効率を追求し、都民を恐怖に陥れるための作戦が立案されていた以上、下町全域を爆撃する事が必然となっていたからだ。結果、市民殺戮を目的とした無差別爆撃の悪名を我が国民から指弾される事になったのだ。

これは勿論、明らかにジュネーブ条約（註3）違反であり容認できる事ではなかったのだ。

この夜、隣組（註4）組織での消火活動は混乱を極めた。バケツリレーで皆必死に火を消そうとした。しかし火焔の勢いは凄まじく市民は消火を諦めるしか他は無く、人々は防空頭巾をかぶり手に手を取って火災の無い処を求めて走り回った。・・・背中に火のついた人達を消す水も無く逃げ惑った。隅田川や支流ともいうべき張り巡らされた運河に人々は飛び込んだ。・・・

本所区（現墨田区）近辺を竹田基子と母芳江は逃げていた。ありとあらゆる物が燃え上がっている下町だった。火は風を呼び、もたらされた空気は更に火勢を強めた。

「母さん大丈夫？水筒の水飲んで。」・・・基子はわが身を忘れて芳江に叫ぶように言った。芳江は逆に「大丈夫だよ！基子、お前こそ飲みなさい！」逃げ惑う人々の中で二人のやり取りは掻き消されていった。

「口惜しいね…家が焼けちゃったよ…でもお前も私もまだ、生きてる。」芳江は基子に言うよりも自分に言い聞かせる様な口振りで駆けていた。だが、『何処へ逃げればいいのだろう？』そんな思いを何度も繰り返していた。・・・一方基子は利発な女高生であった。

「お母さん、電車通りに行こう…駆けなくていいから…逃げる場所なんて無いよ…」

阿鼻叫喚というものを生まれて初めて見知った。

基子は体のどこかでこの恐怖に震えている自分を覚えていた。もう一方では『嫌だ…嫌だこんな戦争…こんなに虐めるアメリカ奴！　死んでも絶対赦さないからッ！』容赦なく攻撃してくるアメリカに敵愾心を燃やしていた。

必死の思いで駆けて来た道筋。運河に浮かぶ夥しい人々の屍体。燃え盛る家の中から泣き叫びながら這い出して来る女の子「熱いよう…お母さん…」…後に続く筈の母親が来ない。…背中が燻っている…まだまだある…リヤカーに家財を積もうとしていたのだろう…何人かの人が焦げた状態で倒れている…肝心のタンスが激しく燃えている…路傍に制服が燃えている警官らしき人が横たわっている…

死んでいる…とにかく熱いのだ…火の粉が熱風にあおられあらゆる方向から降り掛かってくる…。助けたくても手が出せないというのが実情だった。

お互い助け合う下町人情が死んだのではない。

今生きている自分をともかく生かす事に必死だったのだ。

綺麗ごと?…言っておれなかった。

M69集束焼夷弾（今で言うクラスター爆弾の一種）は地上へ落ちてくる途中に38個に分裂し落ちてくる…ヒュンヒュン…カラカラ…落ちてから狙（ねら）いを定める様に炸裂（さくれつ）した。直撃を受けた人は無残にも瞬間的に炎と共に燃えあがる。枯れ木の様に焦げあがる。これでもかというばかりにB29は投下しまくった。・・・無抵抗な人々はこんな兵器を使う敵を憎んだ。

護（まも）ってくれるものは無い。無力な地上防衛。出動する軍はいない。猛烈な火焔に抗える組織などなかった。一人々々がわが身を護るために逃げ惑った。

電車路にたどり着こうとしたその時、耳元でガッシャーンと商家の屋根上の看板が落ちて来た。すぐ近くで背中を丸めて早足で歩いていた一組の男女がその下敷きになってしまった。

「大丈夫かッ!」周りの男の人が引きずり出そうと男の手を取った。しかし鉄製の支柱が下敷きになった男の背中に刺し込んでいた。燃え盛る周囲の火の明るさが男の顔を照らし出した。…眼が虚空を視ていた。「駄目だッ」助けようとした人は力なく手を離した。女は隙間にいて無事だった様だ。基子は駆け寄った。

「早くッ！」基子の差し出した両手をしっかり掴（つか）む相手がいた。

お互い見ず知らずの人間同士であった。女は無事看板の下から出て来た。

「お父さん、ごめんね…ごめんね…」下敷きになっている男は父親だったのだ。基子は、

「逃げましょう…また、Bが来ますよ。」敢えて感情を抑えた口調で相手の女に声掛けた。

基子と芳江と見知らぬ女の三人は駆けるともなしに歩き出した。無論基子にも何処へ行けばいいという充（あ）ては無かった。只、何処へ行っても同じだという思いで歩いていた。

『歩かなければ…止まれば焼け死ぬ…この道（電車路）は広い…火の粉を躱（かわ）せる…』駆けてゆく人々の中で「風上に逃げろ！」と誰かがが叫んでいる。

荒れ狂う火勢と猛烈な熱い風…どこが風上なのか分からない…無抵抗な人々は火煙に巻かれてバタバタと倒れた…火の中で立っておれる人間などいない…この世の焦熱地獄（しょうねつじごく）。

『風上って…あちこちから吹いてくる…無理だ…そうだ宮城（きゅうじょう）まで行こう…あそこは広い…』基子は決めた。

人は迷っている時が一番危険な時である。次の行動（アクション）が取れない。移れない。

だが、基子の肚（はら）は決まった。都電の線路に沿って三人は寄り添いながら前屈（まえかが）みで歩き出した。

人の焼けこげる…タイヤの焼けこげる…いろんな臭いが立ち込める周りを無言で。

両国辺りまで来た。相変わらず周りは猛烈な火の手が上がっている。煙は行く手の視界を妨げている。なんとか、かんとか一キロメートルは歩いて来た事になる。時間にして一時間程歩いて来た事になるのだが、時計を持ってない基子達には倍の時間歩いて来た様に思えた。

だが、東京都民、特に下町の住民にとってB29の悪夢は続いていた。敵は執拗に容赦なく焼夷弾をまき散らしていた。当然省線（註5）のあちこちの駅舎も狙われた。歩いて来た電車路から右の方に省線の高架の線路が見える。基子がかつて通っていた総武線だろう。女学生として共立女学校まで毎日通っていたのに、どういう訳か地理感覚が失われていた。

依然、あらゆる所で煙が黒く舞い上がっている。『…この駅はどこの駅なんだろう…近くは黒煙がもうもうと上がっているのに火の気は見当たらない…両国？』

ホームに上る階段はコンクリートで出来ているので形は残っている。その階段の最上部に腰かける様にして体を休めた。この場所はホームの屋根も破壊されている分、煙が流され低い位置でしか滞留していなかった。息ができる。

「お母さん、疲れたでしょう…私も疲れた…」

「貴女も大変だったわね…休みましょう…。」芳江は一緒に逃げて来た女に声を掛けた。

「はい…助けて頂いて有難うございました。」名前を知らない女…基子とさほど年は違わないと思える女は伏し目がちに答えた。基子が言った。

「辛かったでしょう…お父さんを置いて来たから…」・・・答えは無かった。

芳江は、萎れたトマトの葉っぱの様にうなだれている。そんな時、女が言った。

「父は本所三丁目で経師屋をやっていたんです。私、渡辺ひろ子と言います。」

「私は、竹田基子です。女学生です。今は縫製工場に行っています。…こちらは母です。」と、芳江の方を指して言った。

芳江はゆっくり頭を下げた。・・・後は三人とも言葉が続かなかった。

此処だけがかろうじて許された休息可能な特別空間と思われた。慌てながらも眼がしっかり見て来たこの世とも思えない状景を、この場で反復したくは無いのだが何故か思い出してしまう。・・・かといってこれからの一歩先は、どんな事態が待ち受けているのか・・・

ここで基子は水筒の水をキャップに受けて母に差し出した。芳江は黙って受け取って口に運んだ。ひろ子も自分が下げていた水筒から一口飲んだ。そして涙をポトリと水筒の上に落した。

川向うは神田あたり。幸いな事に浅草橋は残っている。基子達は正解のない目的地に再び歩き出そうとしていた。

グラマンの執拗な機銃掃射に標的の区別は無かった。視界に入るもの全てに躊躇わずバリバリッという音が続いた。・・・ここ谷田部。

謙吾は大平の機転ともいうべき処置で助けられた。医官は何も言わず処置してくれた。

12．7ミリ機銃弾が掠めただけなのだが傷口は肉がえぐられていた。縫合を終えた医官はここで言葉を発した。

「命が有って良かったな…大事にしろ…」・・・後は背中を向けて机の上の書類か何かにペンを走らせた。

この日基地では二人の隊員が命を落としていた。二人はそれぞれ機銃掃射を頭部と胸部に受け即死であった。

あくる日基地から幌付きトラックに載せられ焼場へ向かって出て行った。

謙吾は傷口が乾くまで作業を免除されて宿舎の二段ベッドの下段で一人悶々としていたのだが、昼食後、少し寝ていたのかも知れない。大平と多田が何時の間にか作業を終えて帰って来たようだ。

「一体、何時どこで民間人を狙う攻撃が赦されるようになったんだ。クソッ」大平の声だ。

「そんなのある訳ねえよ…なりふり構わずって野郎達だ。」多田が答えている。

謙吾が傷を受けた日以来二日経ったのだが、幸いにも谷田部の上空は奇妙にも静かだったのだ。

多田がベッドのすぐ近くにいる。

「菅原、東京が全滅だとよ…さっき同郷の先輩が教えてくれた。」

二月二十五日に、通信指令室にいる多田の先輩は特攻作戦司令部からの通信を受け基地司令に報告していた。内容は帝都防衛に関する基準書であった。

海軍として帝都防衛に関して横須賀鎮守台からの紫電改（海軍の戦闘機）作戦隊の部隊編成が完了した事を二月二十五日付で各基地司令あてに発信されたものだった。

それから十五日経過後の三月十二日、アメリカ軍のラジオ局が毎日日本語で放送する内容に『東京都の半分に壊滅的な被害を私達アメリカ陸軍航空軍と太平洋艦隊が与えた。天皇裕仁（ヒロヒト）はさぞ頭が痛いだろう…』という放送があった。

同様に我が軍もアメリカ兵に向けて厭戦（えんせん）気分を与える目的で特定のバンド（周波数）で連日女性の声で放送を送っていたのだが、（当時アメリカ側で《東京ローズ》の名前で呼ばれ人気？があったと聞く。）効果の方は何もなかったようだ。

多田の先輩はこの日のラジオ放送を傍受していた。一応通信隊の上官（室長）に口頭報告したのだが敵側宣伝（プロパガンダ）だけに上官は「これは、俺が指令に直接お話してくる。報告書は不要。」と言って出て行った。勿論先輩は軍規の何たるかは承知していた。・・・

「多田、俺の独り言だ…。」と前置きし「奴らの帝都爆撃で下町がこっぴどくやられたのかな…」

そう言ってスーと通り抜けて行ったのだった。

「お前大丈夫か？…あの時二班の奴が二人死んだ…負傷した奴はお前ともう一人いただろ…そいつ頭をやられていたんだが何とか持ち直したそうだ…作業帽を掠っただけなのに頭の皮が破れて随分出血したらしい……最も頭は少しの傷でも黴菌を入れない為に沢山血が流れるという事を聞いた事がある…」多田が枕元に顔を寄せて囁いた。

「深川もやられちまったんだろうな…親父やお袋無事でいてくれよ…基子ちゃん大丈夫かな？」

傍で大平が独り言のように呟いている。

「なんだか随分眠り込んでいたみたいだ…ところで多田よ、今日も先輩達は出て行ったんだろう？」

鹿屋へ向かうゼロ戦に搭乗した先輩たちの姿を思い浮かべながら謙吾は聞いた。

「三機出て行った。帽振れ！で送った。」後しばらく沈黙の時が流れた。・・・

谷田部で模擬爆弾を装着しての爆撃訓練を終えた特攻志願隊員は、模擬爆弾は外し軽弾倉のゼロ戦（21型及び52型）で飛立ち、鹿屋で他の基地からの隊員と合流し出撃を待つ。

出撃命令が下されると250キロ爆弾を装着した編隊を組み出撃する。敵の艦船をめがけての体当たり戦法だった。（後に52型は500キロ爆弾を搭載し爆戦隊となる。）

陸軍は知覧がその基地だった。

昭和二十年の六月になっていた。・・・謙吾の傷もすっかり癒えていた谷田部でのある夜、四班の謙吾達は消灯迄の時間に一人の先輩隊員の訪問を受けた。

「お前たちの中で山形県庄内出身の人間は居るか？」はっきりとした声だった。

「ハイッ…自分は鶴岡であります。」謙吾が起立し答えた。昼間ゼロ戦で急降下爆撃の訓練を実施している先輩だった。

「鶴岡か？…俺は酒田だ…すぐ近くだな…少し話を聞かせろ…両親は健在か？」

「父は戦死しました。母親を説得して横須賀で甲種飛行兵に合格し土浦に来ました。兄も海軍にいるのですが戦地不詳です。」

「そうか…よくお袋さんが赦してくれたな…ところで家業は何なんだ？」

「百姓です。小作（註6）ですが母と姉二人がやってくれています。あっちは空襲もそんなに酷く無いようです。」隠す事も無く自然に話が出来た。

「晴れた日の鳥海山は綺麗だよな…酒田からのお山はほんとに見事だぞ。そっちは月山だな…」2歳上の先輩だという事は分かっていた。今、この谷田部では飛行機乗りは第十三期生しか残っていなかった。

「俺の家は酒田の漁師だ…だから海軍に入ったと言う訳でもないんだが、漁協の集会所にあの（海軍少年飛行兵募集）の貼紙を見て心が躍ったよ…」そう言った直後、謙吾が追っかける様に言った。

「俺もでがんす…十五期のほとんどがそう言ってるだす。」つい荘内訛りが出てしまった。

「ハハハ……お前に頼みたい事がある…」とそこ迄話していた時、

「消灯時間が過ぎたぞ、私語をしないで寝ろ！」と、班長の怒鳴り声が響いた。すっくと立ち上がりすかさず言った。「いいじゃないか」恐ろしくドスの効いた声だった。班長はたまらずこそこそと引き下がった。

「俺は明日往く…この戦争は分が悪い…俺の名前を言っておく、吉原康造だ。」「じゃあな、さらば…。」すっくと立って謙吾を視た。謙吾も起立し、サッと敬礼した。相手も敬礼を返した。


あくる日朝五時、飛行場に全員がタッタッタと駆け足で集合した。

青白く明けて来た空の下、橙色の地平線が波紋を大きく拡げる様に輝いている。

飛行場の吹き流しはゆっくり揺れている。梅雨時にしては珍しく晴れ渡っている。

一班一編隊三機、計三班九機の出撃を見送る朝である。

搭乗員の真新しい飛行服の胸に日の丸が際立っている。

白い絹のマフラーに茶色の飛行帽の特攻隊九人の顔に怯えや悲しみ、或いは怒りの表情は見受けられなかった。

謙吾は昨晩訪ねて来た吉原先輩の顔を認めた。『…むしろ笑っている…』

「•••お前に頼みたい事がある…」そう言ったがその後、自分の名前だけを言って去って行った彼だったが、謙吾は理解していた。・・・確実に死に行く彼の心情を。

自分が生きて郷里に帰れたら、酒田の彼の家へ吉原少尉谷田部最後の夜の事、今、飛立っていく彼の雄姿を報告する義務があるという事を。


基地司令の訓示の後、九人の戦士は白いマフラーをたなびかせながら搭乗機に駆け上がった。

エンジン起動！轟音と共にプロペラが徐々に回転を速めた。

整備兵に一礼して一番機が滑走路を滑り出した。吉原少尉機であった。

「帽振れッ」分隊長が号令を掛けた。

八機が後に続いた。三機ごとの編隊を組み基地上空をゆっくり二度旋回した。

一番機のバンク（翼を上下に振る操縦）と共に全機が南西の空へ飛び立っていった。

九機の機影が遥か彼方で視界から消えた。・・・だが総員の帽振れが止むことは無かった。


三月十日の東京下町に戻る。

基子達女三人は歩いていた。・・・午前四時頃であろうか・・・両国駅？から歩けなかったのだが、
漸く基子のリーダーシップで宮城目指して隅田川を渡りトボトボと歩みを進めていた。

この時間になって煙と熱風は少しその牙を収めつつあった。

同じように逃げ惑う人々も疲れ果てたのか煙のないあちこちで茫然とへたり込んでいた。

この夜の悲惨な情景は後世色んな視点から記述された書物が沢山出版されている。

元NHKアナウンサーの鈴木健二氏の《昭和からの遺言》にもリアルな記述がある。
・・・とにかく熱い・・・目にする道路にはゴロゴロと焼け転がっている夥しい死体・・・老若男女の判別がつかない・・・この世のものとは思えない惨劇・・・これが戦争そのものだ・・・。
『Bの奴帰って行ったのかな…爆音が消えた…それにしてもこれからどうなるのだろう…』

『…母さんが大分参ってるみたいだ…』・・・一方ひろ子の胸中も整理されないまま燻って(くすぶ)いた。

『…父さんが目の前で死んだ…何もしてあげられなかった…母さんはこの戦争の前に亡くなったし…どうしよう…兄さんは海軍で生きているのか分からない…独りぼっちだ…』

『…せめて兄さんだけでも生きていて欲しい…この戦争は絶対負け戦だ…長続きしない…兄さん…帰って来てね…私を独りぼっちにさせないで…』・・・

もう一人の女芳江は只々この世のものとは思えない出来事続きに打ちひしがれていた。

『…私なんかどうでもいい…基子は生きて欲しい…あぁご先祖様、神様仏様どうか基子を守ってください…お父さん頼みますよ…』・・・三者三様の心中の言葉が駆け巡っていた。

水筒一つが命の支えだった。

都電の路面上に色んなものが落ちている。今まで男女判別不能の焼け焦げた夥しい死体を敢えて見つめない様にして、三人は歩いて来たのだが、もう少しで宮城という所で、行倒れた(ゆきだお)男性が左右にたすき掛けに携帯していた水筒を目にした。基子は走り寄った。

死体に手を合わせ水筒を手にした。ずっしりとした感触が手に伝わった。

「御免なさい…頂きます…」遺体から外し、芳江に一つ、ひろ子に一つ手渡した。

後から見知った話なのだが、宮城は陸軍の必死の防空戦略で爆撃を免れたのだが、また、戦後進駐軍が使用する目的の建物は爆撃を受けなかった。日本各地で爆撃回避目標が太平洋戦略空軍の作戦部中枢で決められていた。本当のところは米側の戦略によって宮城も回避目標の第一位であったと。…マッカーサーは【天皇の戦争犯罪】を糾弾すべく生きたまま拘束する事を強く主張したと言われている。

今で言う皇居前広場の辺り(あた)は九七式(きゅうなな)中戦車がぐるりと宮城に架かる橋の袂(たもと)に陣取っていた。

あちこちから避難して来た人群れが話す事も無く静かに塊(かたま)りを作り、蹲(うずくま)っている。

いずれの顔には疲れ果てた表情が浮かんでいる。

基子は直感的に『宮城ならば大丈夫では?…』と思って母を、ひろ子を連れて来たのだが、間違いではなかったようだ。

只々蹲り(うずくま)、思い出したように水筒の水を飲んだ。お互い顔を見合わせて相手の状態を慮(おもんぱか)った。…

近くにいる男が近づいてきて水を欲しそうな表情を見せた。ひろ子は自然に相手に水筒を差し出し

た。声にならないしゃがれ声で、「有難う…助かった…」皴の多さからかなり年配の男だと思った。・・・
そろそろと太陽が昇り始めた中で男の胸の名札を見たが、薄汚れており判読できなかった。
『そういえば私は?』と自分の胸を見た、自分も同じように煤くれだっていた。他の女二人も同じように黒く汚れていた。・・・どこの誰だか確かめる余裕なぞなかったこの夜半の惨憺たる出来事がここに集まった人々の共通の思いだったに違いない。・・・この夜は生き延びた。・・・
　着のみ着のまま逃げて来た夥しい人群れは朝の日差しの中で、『どうすればいいのだろう?….』と自問するばかりであった。・・・

　昼前に、陸軍の東部防空隊が、炊き出しを始めた。・・・おにぎりを手渡す傍で憲兵?がメガホンで怒鳴っている。・・・「…これより各々町内に戻り復旧に励むべし…各町内に配給を開始する…」・・・

　基子達三人も順番におにぎりをもらった。水筒にかすかに色のついたお茶をそれぞれ詰めて貰った。

B29のいないこの日、逃げて来た深川に向かって疲れた体を労わりながら歩き出した。

「ひろ子さん、私達と一緒にウチの方へ行きませんか?」「ウチだって焼けてるけど戻ってみて何とか雨露を凌げる様にやってみようと思うの。」・・・「無論あなたの気持ち次第だけど…」

「基子さん、小母さん有難う…私は今独りぼっちなんです。一緒に行かせて下さいませんか?」

　話がまとまった。

これでもか！と言うばかりにやられた帝都下町。あちこちで、否、至る所で瓦礫を片付ける人達がいる。傍らの電信柱があちこちで傾き倒れ掛かっている。

まだ燻ぶりの煙を上げている家の柱や棟木がある。

また、屋根瓦が落ちて散乱している我家に立ち向かって片付けている人達がいる。


十日未明の大空襲は何の罪も無い人々を地獄の淵まで追いやった。

逃げるのに必死だった人々が自分達が暮らしていた家屋に辿り着き、やるべき事をやり始めたのだ。

今度はこれから生きていくために必死にならざるを得なかった。

基子達はひろ子の父親の亡くなった電車路の脇へ歩みを進めていた。

ひろ子は後ろ髪を引かれる思いでこの場から逃げて行ったのだが、父親は見当たらなかった。

周りで、自警団と思しき一団が遺体を集めている。その一団に声を掛けたのは基子だった。

「ここで看板の下敷きになった人はどうなりましたか？」皆、一瞬怪訝そうな顔をして基子達を見ていたが、その中の一人が言った。

「今しがた引き取ってリヤカーに乗せたよ…一丁目公園に向かったと思うぜ…行ってみれば？」

思いもかけない言葉だった。ひろ子は基子の顔を見つめ、『行ってもいいですか…行きたい…』という表情を見せた。基子親子に異論などなかった。「行きましょう…お父さんを探しましょう。」

一丁目公園の方角をその人に教えてもらって三人は早足で歩きだした。

電車路や大通りでは多数の軍隊や民間の自警団が瓦礫を片付けている。防空壕や火災から免れた建物に避難していた人達だろう。リヤカーで亡くなった被災者達をあちこちの公園に集めている。

ひろ子は大きく掘られた穴に向かって力なくしゃがみ込んだ。沢山の遺体が折り重なる様に埋もれている。もはや父親がどの遺体なのか判別する事は出来なかった。・・・

「お父さん、御免なさいね…助けてあげられなくて…私はまだ生きているよ…この戦争が終ったら必ず迎えるからね…」基子母娘もひたすら手を合わせるばかりだった。

この遺体の仮埋葬処置は東京都の指示により、ひとまずの処置として各区の公園等指定場所で埋葬された。・・・所によっては火葬した遺骨を仮埋葬する区もあったが大半は遺体のまま仮埋葬された。一番大規模な仮埋葬場所は上野寛永寺付近の公園であったという。ここだけで約一万体の遺体が仮埋葬された。浅草区近辺では戦線に出なかった香具師（やし）、ヤクザの一団が警視庁に申し入れして今で言うボランティアの様な報国隊が埋葬活動を行っていたという。・・・

仮埋葬場所には石碑なり目印の墓標を立てていたが、昭和二十三年から全て掘り起こされ、火葬を経て東京都慰霊堂（註7）に全遺骨が納骨された。

必ず皆さんを成仏させます！都民の悲願は仮埋葬から六年後に終わりを迎えた。仮埋設された場所の目印と地元の自治会の記録が役に立った。７万７０００体が納骨安置された。

戦後六年経過した昭和二十六年九月の事だった。

仮埋葬された約１３０か所の公園等には記念碑や石碑が立てられ現在に至っている。


軍部の資料によると三月十日の死亡者は約９５，０００人。（東京都の調べによれば約１０万５０００人）約１０万人が亡くなった事に何ら間違いはない。

かつてこの様な無差別爆撃が地球上で行われた事は無かった。


ヨーロッパ戦線では、ドレスデン爆撃がナチスドイツに対する必要不可欠な戦略として、１９４５年２月１３日から１５日にかけて、英軍ランカスター爆撃機及び米陸軍航空軍のＢ１７による波状爆撃が記録されている。同様にベルリン、ライプツィヒも爆撃目標にされた。日本国に対する焼夷弾攻撃の割合は先に述べた約９７％であったがこちらでは約５０％であった。

最初は通常爆弾で屋根、屋上部を破壊しむき出しになった内部の木部を焼夷弾（前述）で焼き尽くすという戦法であった。

ヨーロッパ戦線ではむしろ英軍がイニシアチブを発揮し米軍はその補完的な位置にあった。

新型焼夷弾はこのヨーロッパ戦線でも多大な効果を上げた。火焔によるドレスデンの死亡者は

３万５０００人とされる。・・・これも戦局がほぼ連合軍の優位が確定した後のやらずもがなの戦略と言える。

我が国の人々の苦難の歴史に戻る。

戦局をコントロールしていたアメリカがここまで日本国民を痛める理由は何だったのだろうか？・・・

ここで帝都防空隊の戦果も記しておく。お台場の高射砲陣地からの砲撃、鍾馗、紫電改による迎撃、空中戦で併せて１５機のＢ２９を撃墜した。（アメリカ側の記録によると１４機が未帰還機として報告されている。）

空飛ぶ要塞Ｂ２９に対し果敢に迎撃機は飛立った。台風に匹敵する強風が吹き荒れる中、果敢にも飛立った機数は４２機。離陸時許容風速を遥かに超えた状態では大多数の迎撃機が離陸不可であった。

地上爆撃をものともせず１機でも墜(お)としてやる、の気概で立ち向かった高射砲部隊。

地上と空の文字通り合作での戦果であった。（ほとんどが高射砲部隊の戦果であったが、迎撃機の銃撃や追尾を躱すためのＢ２９の操縦が相乗的な効果を発揮し撃墜に結び付いたと言える。）

損害機数０(ゼロ)、被害砲門は軽微とある。

（この夜の台風並みの強風を米側は事前の緻密な観測で低高度爆撃に利用した。前述の三月九日夜の銚子沖で旋回していた4機のB29の動きがまさにそれであった。）


五月二十五日帝都東京に新たな試練が降り掛かった。

帝都の山の手地区が、B29のかつてない大編隊の爆撃を受けたのだった。つまりのべ525機のB29が荏原区の工業地帯始め広範な山の手地区を絨毯（じゅうたん）爆撃したのだ。宮城も相当な被害を受けた。

三月十日の下町爆撃の比ではない機数が再び帝都を襲ったのだった。

東京はここで文字通り灰塵（かいじん）と化した。

この物語の始めに記したがこの日以降東京はB29の、どでかい銀翼を目にする事が激減した。

あらたに地方の軍都、軍港、陸海軍飛行場始め港湾施設が目標となったのだった。無論これまで私が述べたようなスケジュールが規則性を持っていたと言う訳ではない。天候不順により主要都市の昼間爆撃の照準が確保できない時、アメリカ太平洋軍は爆撃目標を任意に変更した。

また、艦載機による無差別機銃掃射が、躊躇なく日本の国民に向けてその銃口から打ち出された。

あらゆる都市、地方で人々の記憶に『グラマンに狙われた…誰それが撃たれた…必死で逃げた…』

そのような経験が当時の人々の記憶に刻まれている。


兵庫県加古川市でごく小規模な牛乳屋をやっていた私の家の話だが、厄神駅（加古川線）に牛乳缶数本をリヤカーで兄二人が草谷川沿いの道路を通って運んでいた時だった。

「こっちにギューンとグラマンが降りてくる音がしてな、俺達はリヤカーをほっぽり出して道路脇に逃げ込んだんや…」

「その時は怖かったで…弟は吃驚してしもうてな、足が委縮んでしもうたみたいで動けんのや…何しとるんや！はよッ来い！俺は弟を引っ張って一段下の道路脇に逃げ込んだんや…茨に引っ掛かって痛かったで…」


いくら敵国と言っても無抵抗な民衆を狙い撃ちにする軍隊は誰からも裁かれることは無いのだろうか？


悪夢の様な三月十日から三か月が経過した東京下町。

基子達は時折響き渡る空襲警報に怠惰？になっていた。『…今更何処を狙ってるんだ…』という思いが自然に湧き上がっていた。食べ物の配給は遅れていた。水道も断水が絶え間なかった。

もう縫製工場へは行っていない。・・・かといって学校へ通っている訳ではない。

食料事情の悪さ、防空体制の不備から「学童疎開」が前年の同時期から発動されていて現在の東京都の人口は約２７５万人（空襲前は６５０万人）疎開で逃れた人々や軍の徴兵、徴用等で首都の人口は少なくなったとはいえ、未だ３００万人弱が生活を営んでいる大都市に変わりはなかった。

鉄道の幹線は辛うじて復旧維持されていた。だが、絶えず艦載機による機銃掃射の的にされた。地方への空爆は相変わらず続いていたし、人々の心の休まる時は無かった。

基子達三人の女は、家の修復もままならず、信州の千曲川沿いにすでに疎開していた叔母の実家（芳江の生家でもある）に行く事を決意した。食料事情の悪化に政府も地方への疎開を推奨していた事にもよる。何時行くという確かな事は書けなかったが葉書は二週間前に投函していた。。

そして灯火管制された深夜の東京駅から中央本線に乗り車中の人となった。

間引き点灯してある薄暗い車内で乗客達は只々無口だった。通路まで人が立ち混んでいる。

車内の窓は黒く塗られた木製のブラインドが下ろされていたが、ガラス窓にガラスは無かった。でも暑い。

基子達が座席を確保できたのは全くの幸運としか言いようが無かった。二時間半をホームの上で座って列車の到着を待っていた事が良かったのだろう。・・・割り込む者などいなかった。

基子達は座れた安堵感と先刻食べた塩むすびが眠気を誘発し夫々が眠りの境地にいた。

やがて、蒸気機関車は急勾配の碓氷峠に差し掛かった。ここは前後の機関車でスイッチバックして昇る。

息せき切る様な蒸気機関車の喘ぎにも似た汽笛が時折静寂を破る。周囲の景色は見えない。ほぼ真っ暗な空間が広がっていた。

早朝、長野駅に着いた。乗客は無言で改札口に向かった。

河東鉄道（註、後に長野電鉄となる。）が古くから長野駅からの周辺交通をまかなっていたが、戦局の悪化と共に電気鉄道の維持が難しく、かつて保有していた蒸気機関車を使い一日数便で、権堂駅までの往復運転を行っていた。

行先は小布施（おぶせ）。三つ目の駅だった。

芳江が珍しく先頭に立って改札口を降りた。

リンゴの花の時期は過ぎていた。しかし秋口には、たわわに実るリンゴが出来るのだ。二つ三つのリンゴ園を過ぎて、三人は叔母淳子の待つ家に入った。

「お疲れ様…姉さん、基子…こちらはひろ子さんよね。ようこそいらっしゃいました。」

何時の間にか年老いた父母が玄関先に出ていた。

「芳江…よく来たね…何も気兼ねはいらないよ…待っていたよ。」母ミツの声だった。

芳江は涙ぐみながら只々頭を下げた。・・・

「お父さん、お母さんお世話になります。基子とひろ子さんも一緒に来ました。ご厄介になります。」・・・

後ろから父の清作が声を掛けた。

「何も心配するな…お前の産まれた家じゃないか…家族助け合うのは当たり前だ…よく来た。」

「基子、大きくなったね…何年ぶりだろうかね…こちらのひろ子さんとお友達だってね。」

祖母が基子の手を取りながらひろ子を見つめた。ひろ子は幾分戸惑いながらも基子の祖母に挨拶を述べた。

「渡辺ひろ子です。基子さんに命を助けて頂きました。あの東京大空襲の時九死に一生を得ました。それからずっと一緒に生活させて頂いております。」・・・積もる話はこれから続くのだった。

・・・芳江の夫菊雄は兄の親友だった。

兄徳一が陸軍士官学校を卒業した年、徳一と連れ立って小布施にやって来た一人の若者がいた。父と畑作業から帰って来た玄関先で母が待ち受けていた。

「只今…」「お帰りなさい…」の挨拶の後、母のミツがなにやら言いたげな表情から言葉を掛けた。

「芳江、ちょっと…徳一がね、友達と一緒に帰って来たよ。お前に話があるんだって…」・・・

それから一年後昭和三年（1928年）春、竹田菊雄と早坂芳江は結婚した。

菊雄二十二歳、芳江二十歳。

兄徳一に友人の竹田菊雄を紹介されてから、ほのかな恋心を覚えながらもこの気持ちの先行きを見通せるはずも無く、以来折に触れて家へ遊びに来る菊雄と取り留めのない話に心を躍らせてきた。

徳一の押しは強く両親を説得し士官学校卒業と同時に菊雄の生家（深川）で結婚式を挙げた。

媒酌は士官学校時代の教官高村義親にお願いした。

祖父母は来れなかったが、父母は大都会東京市にやって来た。

小布施の田舎らしい景色と全く違う大都会の景観に目を瞠（みは）るばかりだった。

以前から芳江は兄に連れられて、何度か菊雄の家に来ていた。菊雄の両親にも紹介されていた。

三か月前、媒酌人高村氏の訪問を受け結納が交わされていた。その時も清作夫妻は緊張の趣で厳粛にお受けしたのだが、受辞をどのように話したか覚えていなかった。・・・ある意味父親にとってこの様な儀式（セレモニー）は父親の受ける試練であったに違いない。

挙式の日の三日前から芳江は高村氏の家で泊めて頂き、夫人から色々と教えを受けていた。

その様な周囲の温かい手助けを受けて無事挙式の日を迎えた訳である。


滞りなく結婚式が終り竹田家で芳江と菊雄が新婚生活を始める事になってから半年後、芳江は懐妊した事を菊雄に伝えた。その喜びも束の間、菊雄は帝国陸軍の関東軍（註８）に召集され旅順に赴くことになった。昭和四年（１９２９年）十月の事だった。

一方、芳江は無事基子を出産し基子も何一つ不自由のない幼少期を過ごしていた昭和十一年、義父母が悪性の流行性感冒に罹り二人共あっけなく亡くなってしまった。芳江の機転で基子を隔離し義父母に決して近づけなかった。自身もしっかりマスクをして介護にあたったので芳江は健康な体を維持し基子にも影響がなかった。

唯、菊雄に葉書で父母の死亡を書き記し投函した。

折り返し菊雄から返信があり〈大層世話になった。感謝する。基子の写真を送って欲しい〉とあった。

陸軍小尉として任地に赴いていた菊雄はまさに柳条湖（柳条構）事件（後に満州事変と改称される）に直面していた。昭和六年（１９３１年）九月十八日の事だった。

満鉄の鉄道線路が中共軍に爆破されたという口実（関東軍の自作自演とされている。）から以降終戦まで この満州国から中国大陸全体に戦線が拡大し泥沼化していった、その戦争の最中にいた。

当時の中国大陸は国共合作（前述）の体制であり大日本帝国に対する抗戦が第一義としてあった。

これまで軍隊として表立った戦闘行為は無かったが、ソビエト連邦の支援を受けた蒋介石軍（中華民国軍・国民党軍）と毛沢東の共産党軍（八路軍）が共にゲリラ（便衣兵）戦法で帝国陸軍と対峙した。（以降大東亜戦争の終戦まで続いた。）

陸軍にとって、便衣兵は厄介な存在だった。表立った戦闘行為（重火器使用による）があったにせよ相手の両軍はすぐさま撤退した。まして共産党軍は大陸の奥深く逃亡し？ 国民党軍と帝国陸軍を戦わせて両軍の消耗を図った。これは大陸の戦史の中で周知の歴史であった。

戦後我が国の方からは〈当初の討匪（国共軍を掃討する戦闘行為）作戦が功を奏せず、徒に戦線を拡大し兵站が追い付かず住民からの徴用虐殺が激しく行われた〉との言説が上がったが、これは相手側のロジックであり私は肯定できない。

徴用は三国志の時代から当然の事の様に行われており、兵站確保のため双方で徴用（言葉を変えれば略奪）は当然行われていただろう。（間接的ではあるが中支戦線に従軍した人の話を聞いている。）ただし、支那兵（国共軍の兵隊）は逃亡の最中日本軍の徴用の前に地方の村落を襲い、食料の略奪を行った。日本軍に食料が奪われる前に自分達のものにした。これを共産党軍は如実に行った。

そして延安まで逃げ延び、国民党軍と帝国陸軍を戦わせた。（戦後昭和四十七年（1972年）日中国交回復で中国を訪れた田中角栄と毛沢東の会見の中で発せられた毛沢東の言葉がその証明である。）

むしろ最後まで帝国陸軍の統率は徹底しており、繰り返すが共産党軍こそ撤退の最中住民から略奪し平気で自国民を殺戮した。

これこそ戦後南京大虐殺をはじめいわれのない罪状を日本側に押し付けた国共軍（こっきょうぐん）の仕業であった。

後述するが、戦後の東京裁判において展開される中華民国側の訴状に通じる。

戦局の劣化に伴い中国大陸の陸軍を南方守備に赴かせ、これは悲しくも各地で玉砕し悲惨な結末を迎えるのであるが、大日本帝国陸海軍は、兵員の敵前逃亡や離脱が全くなかったとは言えないが、太平洋の各島嶼では最後の一兵まで戦った。各地の戦跡が示す事実である。

後世の史観で戦争を非難してはならない。当時の大日本帝国陸海軍は大東亜戦争の勝利に向けて忠実に戦場に赴いていたのであり、宣戦布告がなされた以上、戦闘行為は国際条約に反しない限り合法なのである。

関東軍守備隊にいた竹田小尉は各地を転戦し数々の戦闘を経験していった。・・・そんな時期軒先に氷柱(つらら)の下がった兵舎の中で内地の家族を思っていた。芳江から送ってもらった基子の写真を胸のポケットから出して見ては瞼の裏に焼き付けた。何時でも思い浮かぶのであるが、ふと、何かの時に無意識にポケットに手がいっては写真を取り出していた。・・・『基子…会いたいな…抱っこしたい…』その度に心の裡で呟いていた。

昭和二十年（１９４５年）八月十五日の谷田部に戻る。

当日は朝から快晴であった。米軍のＢ２９、艦載機のＦ６Ｆ・Ｆ４Ｕの機影も姿を消していた。耳を澄ませば遠くの蝉の鳴き声が聞き取れる程の静寂がここ谷田部を支配していた。

前もって教官からの指示があり基地勤務の者は全員が朝礼台の前に集まっていた。

謙吾達予科練生全員は被爆を免れた兵舎の中で起立してスピーカーから流れる玉音放送を聞いていた。・・・・・・茫然自失であった。誰もが言葉を失っていた。

夕方、基地から帰って来た他班の先輩達を含めて全員が食堂に集まった。

玉音放送の音源レコード盤が皇軍同士の血みどろの争奪戦を経て八月十五日正午に無事放送された事の内実など謙吾達は知る由もなかった。

基地司令からの放送はシンプルであった。

「諸君は本日只今より出身地に帰り、郷土、就中(なかんずく)皇国復興の為知恵と体力を遺憾なく発揮して諸君がこの地に集まった初心に返り皇国の為に尽くして欲しい。…以上」後は分隊長からの通知が続いた。

「まずは除隊通知書と鉄道切符について説明する。各自各々目的地の駅名を記入し駅で見せるだけで良い。明日以降単票を配るから記入して、除隊通知が揃い次第兵舎から退出する様に…」


正式な除隊通知が発令された八月二十七日。

「多田よぉ、おまえどうする?」謙吾は隊舎で荷物を纏め乍ら聞いた。口を一文字に結び時折涙目になりながら同じく荷造りしていた多田が間をおいて答えた。

「俺は、伊勢神宮へ行く。…この五尺の身体の身の振り方についてお参りして啓示を受けたい。」

「多田、それなら俺もおんなじだ…一緒に連れて行ってくれ…」

『…吉原先輩の家にも行かないといけない…だけど今は、心の整理がつかない…』

謙吾は混乱していた。まずは母親に帰郷が遅れる旨を知らせなければならない。・・・ふとある考えが浮かんだ。

「多田、便箋あるか？」・・・「いや、使ってしまった。」・・・ならばと大平に聞いてみた。

「大平、便箋持ってるか？」要領のいい大平はすでに荷物を纏めて俺達のそばにいた。

「ねえな、だけど封筒なら残ってるぞ、どうする」謙吾は閃いた。『二班の北村は温海町から来た奴だ…あいつに頼もう。』

「大平、くれるかその封筒。」大平は別に嫌な顔もせず荷物を解き封筒を差し出した。

軽く片手を挙げて礼を言い謙吾は受け取ると封筒を開いてその中に鉛筆で認めた。〈元気です。思うところあって暫く帰れない。無事で帰るから心配無用。〉これを書いてから住所を表面に書きすぐさま二班に向かって走り出した。

「北村、これをウチに届けてくれ。頼む。」・・・北村は一瞬何事かと思った様だが受け取ってくれた。仲間の頼みを断る理由は無かった。受け取って脇のポケットにしまった。

「菅原、早く帰って来いよ…」「うん、分かってる…頼むな…恩に着る」そう言って四班に戻った。


気の合った三人組が兵舎の中でなにやら話している。多田が大平に向かって、

「大平、お前は東京駅まで一緒に行くよな？」と言っている。すかさず謙吾が同調した。

「随分世話掛けたな大平…いずれまた会おうな…」・・・図体はでかいのだが俊敏性に乏しかった自分のせいで、〈バッター〉（今で言う尻バット）を四班の全員に被らせた事を思い出しながら喋った。『俺

がグラマンに撃たれて怪我した時もこの二人には大変世話になった。』

「菅原よ、俺は俺でこの五尺の身の振り方を考えてみる。多田もそうだけど悲観するなよ…。」

　大平の声は意外な程冷静に聞こえた。・・・

　土浦駅までは基地のトラックで移動した。東京駅までの列車の便は限られていたのでトラックも二台が順次ピストン運転して兵員を送り出した。二百人近い甲飛十四、十五期はこうして列車の乗客となった。・・・艦載機の来襲が無いと分かっている列車は、若い兵隊たちのこれからの人生に向けて明るい旅立ちを約束してくれる・・・とは言えなかった。明るさなど少しも無かった。

　彼らは八月十五日の数日前に飛立って行った特攻隊員に向けて帽子を振って見送った事が、忘れられず夫々の脳裏に浮かんでは消えるからだった。

　客車四両を牽引するＣ１１機関車はひたすら轟音を響かせ東京駅へと走っていた。

　谷田部航空隊基地では、やがてやって来る米軍の接収に備えて整備兵たちは「これでもかっ。」とばかりに四機残っていたゼロ戦を磨いた。しかし搭乗すべき十三期操縦者達は既にいなかった。

　その後十四期生も短い訓練から出撃し残り三人の搭乗予定者を残し、全員鹿屋へ飛び立って行ったからである。

その日、谷田部の十四期搭乗員三人は基地司令千田国丸大佐から特別の訓示を受けていた。「諸君、命を懸けてこれまで訓練に励んで来た君達に申し開く言葉が無い。我が大日本帝国は敗戦というかつてない事態に瀕した。誠に以って痛恨の極みである。俺の言葉は恐れ多くも（全員が最敬礼の姿勢をとる。）天皇陛下の言葉として聞け…各自郷里に帰り皇国復興の礎となり、粉骨砕身、国土回復の戦士となれ！」・・・千田大佐が振り絞る様に語り掛けた。

本当は千田大佐の胸中は混乱していた。『国の為に特攻任務を担わせた俺が、今は死ぬな、生きよと訓示している』・・・しかし、彼の口から出てきた言葉は三人の飛行兵に突き刺さった。もとより国の為にこの身を捧げる覚悟が出来ていた三人であった。千田大佐の胸中を慮る術はなかったが、夫々がこの言葉を命令として受け止めた。拝命したのだ。

全員敬礼してその場を離れた。・・・

三人の思いは一緒だった。掩体壕から出され整備兵に磨かれているゼロ戦の下へゆっくり歩いて行った。・・・先に行った先輩、同期のその顔、姿を思い浮かべながら・・・

「梶原整備兵長殿、色々とお世話になりました…本当にこのゼロ戦ともお別れになりました。」北川一等飛行曹長（当時の肩書）は名残惜しさを面に表せながら自分よりはるか年上の整備兵に声を掛けた。「北川曹長殿、この期に及んでいう言葉ではありませんが、自分は大勢の飛行隊員の方々を見送らせて頂きました…鹿屋迄は何としても脱落者が無いよう整備してきました…」そこ迄話していた時、突如姿を見せた基地司令に慌てて敬礼をした。北川をはじめ三人は同調した。

　飛行服に身を固めた千田大佐は開口一番、

「飛べるか？」梶原整備兵長に訊ねた。そして、北川曹長達に向かって言った。

「諸君達三人は十三期の後を引き継いだ十四期の選ばれた飛行隊員だ。戦局甚だ芳しくなく今日に至ったが、この谷田部での訓練の日々を思い起こしてけじめをつけてくれ。」

　磨き上げられた四機のゼロ戦五二型三機、二一型一機。・・・千田大佐は迷わず二一型に向かった。三人に振り返り「俺はもともと飛行兵だ、この二一型と一緒に諸君達と出撃してけじめをつけるつもりだった…せめてもの気持ちだ…先輩達に感謝の気持を捧げよう…」

　整備兵十人に帽振れで送られ飛立った千田大佐と北川曹長以下三名の四機編隊は、谷田部を離陸した。・・・

　入道雲がむくむくと天頂に向かって勢いよく頭を擡げている。千田大佐は機を低空に保持し土浦の海を目指している様だった。三人の飛行兵は五二型で追随した。

　戦争は終わっていた。自分達は戦闘機でこの大空を闊歩している。北川曹長は今この瞬間が自身のこれまでの人生において誠に貴重な時間を与えられていると実感した。

『先輩達は沖縄方面で散華した。・・・いつか必ず先輩達の特攻を無駄にせずこれからの日本の再興のためこの身を精一杯尽くして見せる…』・・・そう思った。

土浦駅から今しがた発車した列車の中に謙吾達はいた。青空の彼方から接近してくる機影を目ざとく見つけたのは大平だった。

「ゼロ戦だ!みんな見ろ!」大声で怒鳴った。後ろの方角から接近して来た機影は、その姿を見せつけるかのように低空で飛び去っていった。

C11の機関士は前方上空を護衛するかのように飛び越え、旋回しては再びその姿を乗客達に見せているゼロ戦に呼応するかのように思い切りよく汽笛を鳴らした。ボオー・ボオー・ボオー

乗客全員が手を振り四機の機影を追っていた。

・・・戦争には敗けたけど俺達は負けない・・・絶対この日本を蘇らせる・・・

車中の土浦海軍航空隊の生き残り達は固く心に決めたのだった。

昂る思いで同期等が語らう言葉になんら異存はなかった。自分でもその決意はあった。

だが謙吾の内心は少し複雑だった。『俺は…踏ん切りの悪い男だ…多田に頼って自分のこれからを占うかのように付いて行っている…でも何か啓示があるはずだ…』

(ここで少し〈啓示〉について述べる。《古事記》《日本書紀》によく登場する言葉に〈誓約〉という言葉がある。或る事象の結果に対して従う…例えば大波の海上で自身の乗る船が無事海峡を渡れたならば神の意志が自分に味方して敵を制圧する事が出来る…とか占いに似ているのだが、〈神命は如何なものなのか?〉という様な決断を求める時に誓う《記紀》の中の言葉。)

（関連して《亀卜》（亀の甲羅を焼いてできる割れ目によって吉凶を判断する古代の占い）という方法があるがあくまで卜であって神子などの特殊能力を持った人達が行った。また《盟神探湯》（熱湯の中に手を入れ火傷をしなければ無罪）という方法も古代あったが、こちらは正邪を神任せにするある意味荒唐無稽な司法判断？だと言える。）

無論多田や謙吾を畏れ多くも〈記紀〉に登場する天皇皇后以下高貴な人々の行いに比する事は不遜であるが、伊勢神宮へ行く事で何かしらの〈御告げ〉を得られるのでは…という希望があった事は否めない。

・・・千田大佐以下4機のゼロ戦はその後霞ケ浦の上を存分に周回しながら谷田部に帰投した。

整備兵たちがすぐさま寄って来た。・・・梶原整備兵長は泣いていた。ゼロ戦は軽快なエンジン音を響かせていたが、今、4機がエンジン〈断〉のスイッチを押した。・・・海軍谷田部航空隊はここに静かに終焉を迎えたのだった。

静寂が四方を取り囲んでいた。千田大佐は全ての整備兵達と握手をし、また、北川達十四期三人とも固い握手をして去って行った。北川の眼は歩いていく千田大佐をいつまでも追っていた。

・・・**『郷里に帰ろう…待ってくれている父母や兄妹の顔が見たい…それからだ人生は。』**・・・

東京駅。謙吾と多田は「いつかまた会おうな。」と、大平に別れを告げ東海道線の列車を待っていた。

「菅原よぉ、お前は頭がいいから教員になったらどうだ?」多田が言った。
「そりゃ無理だべ…教員の免状が無い。」「でもよ、こんなご時世だから資格なくても能力があれば雇ってくれるんじゃねえ?」多田が続けた「なにもこの東京でとは言わんけどお伊勢さんの後でまた考えてみるべ…」多田は本気で言っている様だ・・・。

やがて客車12両を牽引してC56機関車が轟音と共に入線して来た。膨らんだリュックを背負(しょ)って二人はごった返すホームの人混みを掻き分け東海道本線夜行列車に乗り込んだ。

あくる朝、名古屋で関西本線に乗換えさらに亀山で乗換え山田駅に二人は降り立った。

外宮は近いのだがなんといっても伊勢神宮(内宮)まで行く事を大目的としていた二人は躊躇(ためら)わず内宮を目指した。案内板を目に焼き付け気合を入れて出発した。・・・道筋は結構あった。・・・初めてのお参りであったが迷う事無く歩いて行けた。二人共押し黙って人影のまばらな道をひたすら歩いて行った。

途中橋の上から見渡した五十鈴川の清流に心が洗われる思いがした。

戦災にも遭わずしっかり残っている大きな鳥居をくぐり、玉砂利を踏みしめながら本殿に向かって静かに手を合わせた。

・・・『?…何も聞こえない…せめて何かご教示ください』謙吾は目を瞑(つむ)りひたすら祈った。

・・・何も謙吾の身体に、心中に〈啓示〉らしきものは現れなかった。だが、伊勢神宮参拝を選んだ二人にこれを書いている私は共感を覚える。当時の若者が持っていた真摯な生き様に対してである。

・・・二人はただただ静寂の中にいた。そして黙って来た道を戻っていた。かつては〈お伊勢参り〉の善男善女で賑わっていたであろう老舗の店の連なる佇まいを、それぞれの店の看板を眺めながら〈外宮〉へ足を運んだ。外宮の持つ崇高な使命を二人は初めて知った。食べ物の大事さ、それを作る国土の大事さこの国の人々の生活の如何に質素で純朴な事を思い知った。・・・・『俺はお袋を説き伏せて予科練に入った…百姓仕事は大事だ…帰ったらしっかり田圃をやろう…』・・・この時は何となくそう思っていた謙吾であった。

外宮を過ぎて多田と二人は今宵の宿（と言っても今で言う民宿も無い時代である）を探すべく暫く田園風景の続く田舎道を歩いていた。とあるところで一軒の農家が目に入った。庭で洗濯物を取り込んでいた主婦らしき女性に多田が声を掛けた。

「実は自分達は茨城県土浦の予科練を出て伊勢神宮に参拝に来たものです。北海道に帰る者なんですが青函連絡船が欠航中のためこの地で仕事を探すつもりなんです。せめて今晩一晩どこでも結構ですから雨露が凌げるところをお貸しいただけませんか？」

するとと相手の女性は「それは大変ご苦労様でした。蚕小屋で宜しければ使って頂いて結構です。こちらです。」と案内してくれた。連隊から支給された白米をそれぞれ一合ずつ差し出し、「大変申し訳ないのですがこれを一緒に今晩炊いて頂けないでしょうか？」と聞いた。

「お安い御用です…沢庵は沢山ありますからお付けします。」この世の人情に二人は助けられたのだった。

あくる朝、作ってもらった塩むすびと沢庵を竹皮に包んでもらい、二人は職探し？に出掛けた。

多田が東京駅で言っていた事を持ち出して来た。

「菅原よ、当たって砕けろだ…代用教員でもなんでも探そう。」・・・割と広い道を歩いていた時だった。

「ここだ!菅原。まずお前が行ってこい。」〇〇小学校と書いてある校門を見つけて多田が言った。従順な?謙吾は夏休み中の教員室に入って行った。

教員室の中は新学期に備えて七、八人の教員が机に向かっていた。

「失礼します。校長先生はいらっしゃいますか?」割と大きな声が出た。

応対に出た教頭と思しき人物が「校長は只今不在です。どういったご用件でしょうか?」

度胸を決めて謙吾が切り出した。「実は、予科練上がりなのですが、こちらで代用教員の口はありませんか?」相手は吃驚(びっくり)した様な表情で言った。

「失礼ですが、教員免状はお持ちですか?まだお若いようですが…」

「持っていません。ただそれなりの学力はあります。先生方の助手でも結構です。仕事を頂けませんか?」謙吾は食い下がった。相手は吃驚した表情から困惑の表情に変えた。

「いえいえ、戦地に出られていた先生方も復員されるでしょうし、内地で教鞭をとられていた先生もご覧の様にそろっております。…教員免状がない事にはお答えのしようがありません…。」

『寺子屋の時代じゃねえってか…そうだべ…俺もそう思う…もともと無理筋なんだ…矛を収めるべ…』

謙吾の頭の中はこの様に廻っていた。結局教員室の中の教師たちの見下す様な？視線を体いっぱいに浴びていたたまれなくなった。「それは無理な事をお願いしました。それでは失礼します。」こう述べるのが精一杯だった。早足で校門に戻ると多田はいなかった。謙吾は訝しく思ったがその場で待つことにした。陽が中天に差し掛かるにはもう少し時間があった。

しばらくたって多田が帰って来た。

「菅原！喜べ吉報だ。憲兵隊の駐屯所が近くにあるらしい。行こう。」

不在だった理由は歩きながら話してくれた。たまたま通りかかった駐在さんが校門で立っている多田に職務質問をして来た時、持前の〈快活トーク〉を発揮したらしく「予科練生なんです。お伊勢さんで身の振り方を決めようと思ったのですが生憎ご啓示を頂けなかったんです…警察で使ってくれないですか？と言ったら駐在さんは『何を悠長なこと言うてるんや…こっちでは埒があかん…近所に陸軍さんの憲兵隊の屯所があるさかいそこなど行って来なはれ…』と言う訳で道筋を懇切丁寧に教えてくれたんだ。」・・・後で述べるが、確かに悠長な事ではなかった。

途中桜の木が数本並んでいる小川べりで弁当を食べながら謙吾は多田に言った。

「多田よぅ…お前故郷に帰るのが嫌なんじゃねぇ？…なんかそう思う…」

「菅原、俺は大っきな事言って札幌を出て来た…このまま帰るとなんか示しがつかねんだ…だから伊勢神宮へ行けば何か啓示を受けるかなと思って来たんだけどな…でもよ今は、神任せはいけないと思ったんだ…だから、何かしら生きる方策を探しているんだ…」

「そうだべな…俺もそう思った…でも、やるだけやってみるべ。」昼飯を終えた二人は憲兵隊を目指して歩き始めたのだった。・・・目的の建物を視界に入れた時は少しの身震いを覚えた。

歩みを進めて来た二人は憲兵隊の守衛所の前に来て衛兵に止められた。二人の身分を問われ訪問の理由を聞かれた。怪訝そうな表情はそのままで入門理由書を書かされた。

〈憲兵隊業務への協力の為〉と多田の書く通り謙吾は真似た。神妙な気持ちで提出すると、相手は暫く眺めていたが、その後何処か（内務室らしい）に電話を入れた。許諾を得たらしくその建物と道筋を教えてくれた。二人の元少年兵はあたりを見回す事も会話する事も無く内務室を目指して歩いて行った。

ここには春には見事な花を咲かせるであろう桜が建物の周りにぐるりと植わっていた。

陽はようやく山陰にかかろうとしていた。二人共少し汗ばんでいたが、緊張感が暑さを押さえていた。・・・『…多田は本当に行動力があるな…何とかなるかもしれない…』謙吾はそう思った。

内務室のかなり重厚なドアの前で年輩の士官に制止され立ち止まった。

「二人共何の理由があって土浦航空隊からわざわざこっち迄来たのだ…隊長に通してやるがその前にここで理由を言ってみろ。」多田はきっぱり答えた。

「終戦という事で私達は本来の目的を見失ってしまい伊勢神宮で何らかのお導きを得たいと思って

やってきました。しかし凡人の我々はまだ迷っており憲兵隊ならお役に立てるかなと思いこちらを訪問しました。以上です。」聞いていた相手は呆れたという表情を隠さなかった。

「少し待て。」と言ってノックして隊長室に入って行った。時間はかからなかった。

「入れ。」そう告げて隊長室へ案内した。

隊長は西条八十（詩人・作詞家ではない同名の別人）少佐であった。少佐はずばり二人に説教をした。

〈一、天皇陛下は玉音放送で「兵は直ちに故郷に帰り、国体の保持と復興を図れ」とご聖断を下されている。貴様達も陛下の兵である、これに従え。〉

〈二、いま日本は全くの食糧不足で餓死者が出てもおかしくない実情だ、このまま此処に居っては貴様達も餓死する。〉

〈三、熱意は分かるが、若い貴様達の熱血を、この国の将来に懸けるべきである〉。

〈四、憲兵隊も解体される。〉

〈五、今日明日中に出発しろ、行き先迄の乗車証を出してやる。〉
・・・二人はここで自分達が如何に世間知らずな若者であった事を痛感した。
・・・『帰るべし…。』二人の気持ちは同じだった。
宿を提供してくれていた農家に急いで帰り、その日はお互い『これでいいのだ。』という思いを抱いてぐっすり眠った。あくる朝、やはり握り飯をこしらえてくれた奥さんに丁重に感謝の気持ちを述べ、残りの白米を全て受け取ってもらった。

東海道線の車中、憑物が落ちたかの様に多田の瞳は輝いていた。謙吾の心中も晴れ晴れとしていた。・・・いつかまた会おう・・・お互いの心に決めた。

上野駅に着いた二人はごった返す人混みの中で固い握手をして札幌と鶴岡へと向かうホームに向かった。・・・いつかまた会おう・・・謙吾の心の中でリフレインしていた。


ここで満州の竹田少尉の話を述べる。

終戦はここ満州でも大きな出来事であった。内地での困難さは確かにあったが同じ日本人同士である。日本人が日本人を弑逆、暴行する大規模な集団などあり得なかった。

だがこの地（北支・満州）での日本人が被った被害は筆舌に尽くしがたい。

殊に民間人の引き上げは実に悲惨、過酷を極めたものだった。

引き上げ時期にさかのぼる事八年前昭和十二年（１９３７年）。

北京市郊外の日本人居留区の惨劇（通州事件。註９）は当時内地でも憤激を以て報道された事実であった。ここ（通州）での相手は関東軍配下の支那人保安隊（支那人部隊）であったが、戦後の引揚者を襲った相手は何でもありの暴力を我が国民に与えた。満州においては日ソ不可侵条約を一方的に破って満州に侵攻して来たソ連軍の非道な行為であった。そこには数々の文献、小説、回顧録があり、そのいずれも婦女子への暴行、凌辱（レイプ）、虐殺、侮辱の話に溢れている。共産党軍（八路軍）も同様であった。また在満の支那人の手のひら返しの暴虐を尽くし、無抵抗な日本国民を凌辱した行為は到底看過される事ではない。

しかし、敗戦国としての自覚ゆえの忍耐、堪忍なのか日本民族の矜持（きょうじ）なのか、報復措置も無く戦後七十五年余りを経過している。マスコミも戦後の自虐史観を踏襲し満州国の建国自体が戦後の悲惨さを招いたのごとき論調で終始して現在に至っている。ソ連コミンテルンにシンパシーを持つ日本共産党、北朝鮮の金一族を崇拝する日本社会党が勢力を拡大し戦後の復興期も国内において影響力を発揮した。

朝鮮併合を植民地主義の犠牲だとする南朝鮮（大韓民国）の主張も抗弁する事無く朝日、毎日を主流とする全国紙、情報を各新聞社に配信する共同通信等日本国のマスコミは何処の国を守ろうとしているのか分からない。

今更何が出来ようか・・・。

竹田菊雄の小隊が本隊の指示に従い武装を解いたのは玉音放送から二週間が経った頃であった。哈爾濱（ハルビン）にいた彼の部隊は当初満蒙開拓団の帰還に向けて護衛行動をとっていた。南満州鉄道はまだ六割程度の能力で機能していた。機関士の絶対数が不足していたからである。少しでも気を緩めれば匪賊化した現地人の集団が無抵抗な帰還者（帰還難民）を襲撃する。軍隊は彼らのよりどころであった。しかし、関東軍は帰還難民に対して冷たかった。警護を放棄したのだった。自分達がまず引き上げを急ぎ、守るべき日本国民をないがしろにした罪は重い。

外敵の襲撃に防波堤となる軍隊が全くいない中を在満日本国民２５０万人が艱難辛苦を乗り越え何とか内地へたどり着けたのは１５０万人であった。

山田関東軍司令官はソ連の侵攻に対して抵抗する事を禁じすべての部隊に武装解除を指令した。当初は日本軍将兵を捕虜とせず内地へ帰還させる意向であったスターリンが、わずか一週間後には豹変し突如シベリアとその周辺開発の労働力として拘引し粗末なシベリア鉄道の貨物車に押し込んだのだった。（シベリア抑留。註１０）

「東京に帰す…」彼らは言葉巧みに竹田小隊に近づいて来た。菊雄は訝しく思った。

『こいつら条約破りが何を言っている。しかも俺達の武器を目の前で匪賊に売りつけている…何なのだこの軍隊は？…』憤懣やるせなかった。

大隊がごちゃ混ぜに貨車に押し込められたが、菊雄の小隊は一団を形成していた。

部下の者達は他愛も無く喜んでいる。が、菊雄は彼等に「静かにしろ…俺には露助が嘘を言っていると思う…行先は分からないが内地ではないと思う…」

「小隊長殿、どういう事ですか？」「我々は騙されたのですか？」「どこへ連れていかれるのですか？」・・・

部下は真剣な表情で問いかけて来た。列車は太陽の上るはずの東に向かわず、夕陽の方角に走っていた。・・・

この列車はイルクーツクで停まった。竹田小隊は銃を持ったソ連兵にぐるりと囲まれた中を引き立てられていった。急遽建てられたと思しきかまぼこ型の収容施設に入れられた。

粗末な食事と過酷な労働が待っていた。夏の間はまだ対応できた。薄いジャガイモスープと黒パンだけの食事…兵隊たちは体力を奪われていった。そんな中極寒の冬がやって来た。下着と上着は洗濯を赦されていたがそれらは列車に押し込められた時のままだった。擦り切れたかつての隊服もほころびが出始めて来た。菊雄は舎監に申し入れした。片言のロシア語で。

「我々の立場はどういう立場にあるのだ?」・・・通じない。・・・向こうが通訳と思われる人間を連れて来た。日本語で同じことを言った。通訳はそれなりに伝えた筈だが舎監は平然と言った。

「ヤポンスキー(日本人)黙れ。お前たちに権利は無い。俺達が食わせてやってるのだ。文句を言うな。」さらに続けた。「偉大なるコミンテルンの思想を受け入れればお前たちを人間として扱ってやる。食事も良くしてやる…早く帰してやる…。」

『何を言ってやがる…コミンテルンは嘘つきじゃないか…くそッ話にならない』

『帝国軍人をなめるな…捕虜協定などお構いなしに俺達を奴隷扱いしやがって…。』

竹田菊雄は相手を話の分かる人物だとは思えなかった。通訳に「俺の言う事は伝えなくていい馬鹿とは話にならない…ただよく分かったと言ってくれ。」虚しい面会だった。

既に数名が飢えと凍傷で今日明日の命という状況だった。責任感が強い菊雄は全く成果のなかった交渉を隠さず部下に話した。・・・暗澹とした気分が全員を支配した。

そんな時、大隊に配属されていた中の一人の兵卒が竹田の前にやって来た。

田野中兵曹という整備兵だった。小柄でくりくりっとした目の男だった。

「エサ（食事）がどうしようもないです…竹田少尉殿私に考えがあります。…実は最低限の肉類はこの収容所に数日おきに配達してきているのです…炊事の女がどうやら横流しをしているみたいなんです。」意外な言葉だった。

「建前上最小限の魚肉、牛肉類は交互にこの番小屋（収容所）に配給されているのを私は突き止めました。スターリンもあながちアホではないでしょうから俺達を殺してしまっては元も子も無いはずです。そう思ってずっと観察していたところ証拠を見つけました。」

田野中が言う所では、女炊事長は業者から賄賂をもらい、一旦は納品した物品を仲間内で適当に分けた後はその品物を業者がまた持ち帰り、他で捌いているらしい。…また日持ちのするものは再度同じ物を納品しているみたいだというのだ。

竹田少尉の舎監との交渉を伝え聞き、菊雄のところへやって来たという。

竹田と田野中は一計を案じた。

何時もの様に夕食（そんな代物ではない）を終えた後、警備兵も早く楽になりたいのかこの頃はろくに収容所への監視もおろそかになって廊下で突っ立っているのを幸いに、竹田と田野中は炊事長のところへ行った。田野中が口を開いた。なんと彼はロシア語が話せるのだ。どこで露会話を身に着けたかは後で記す。

「貴女、同胞に恥ずかしくないのか？犯罪行為だよ横流しは…。」

「舎監には言わないから、悪い事はやめて俺達の食事を改善してくれ。でないと銃殺されるよ。」

そんな内容で脅しを掛けたのだった。最初、相手は何事かと竹田たちを見ていたがこんな事を聞いて意外なくらい驚いた。恐れの表情を表わした。だが、

「何を言っている…やましい事は何もしていない…お前たちの事などだれも信用しないから。」

と強弁した。

「アンタの嘘は分かっている。おとなしく言う事を聞いた方がいいぞ…アンタと出入り業者のやり取りと会話をここに記録してある。ここの軍隊だって憲兵はいるだろう。…なら舎監にいってもいい…」

どこで用意していたのか手帳を開いて見せた。

彼女の態度が一変した。

「分かった、分かった。改善する。約束する。」

「本当だな？じゃあこれはひとまずしまっておく。いいな？約束だぞ。」田野中は語気強く言い放っ

たのだった。

あくる日から確かに食事内容が改善した。牛や羊、鶏、ウサギ等の肉が紛れ込んで来た。

何んとか体力を維持するには最低限の食事になった。この番小屋全員が喜んだ。田野中は一躍ヒーローとなった。彼のロシア語は父親譲りだった。

ロシア文学者だった田野中の父親は関西の大学のロシア文学教授だったそうだ。子供は三男坊で末っ子の田野中正雄を入れて姉二人の五人いた。上の兄達は京大に夫々入学し二人共法曹界に入った。上の姉は京都女学校を卒業後父の紹介する同志社大学の助教授と結婚しアメリカに渡った。下の姉と同じ女学校を出たのだが京大の学生と不埒な仲になり出奔してしまったそうだ。一番下の田野中は勉強よりも機械いじりが好きで陸軍工科兵となり二式戦や九十七式重爆の整備を覚えていった。兄や父親（まして母親はロシア人）の影響で日頃からロシア語を家庭では自然に話し正雄も会話や読み書きには不自由なくこなせるようになっていたのだった。

田野中の特技はまだあった。愛くるしい目を活用？し女性にもてる事だった。

食事改善が実施されてから一ヵ月ほど過ぎた頃の夜、ベッドを抜け出し（警備兵を懐柔して）食堂へ行っているのである。・・・例の女炊事長が炊事場で待っていた。二人は暗闇の中で下半身を露出し狂ったように性交を開始した。二人は声を潜め喘ぎ声を上げた。・・・どの様にしてこの女を篭絡したのか知らないが話はまだ続く。

警備兵を個別に買収し、（その資金は女炊事長側から出ていたらしい）田野中の部隊から何名かが性欲処理に女と密会しているのである。女炊事長の声掛けでドイツ戦線で夫を亡くした女が避妊具持参で日本兵捕虜とひと時の時間を過ごしているのだ。無論捕虜の人間にとっても体力の回復が図れさえすれば性欲迄行きつくのだろうが・・・

イルクーツクではシベリア鉄道の駅舎を建設したり、コンサートホールなどソ連（ロシア）側の技術者を凌ぐ技術力で捕虜の日本兵は活用された。舎監の言っていた様に三棟あった番小屋（収容施設）の中で当初の一人二人から既に数十人が帰還列車に乗せられた。ソ連側の工作分子として逆に日本国へ送られたと言ってよい。昭和二十二年からそれは始まった。ソ連側としては痛くも痒くもなかった。むしろ余分な食料を配る必要が無い上、戦後処理でもある極東軍事法廷が日本国が支配していた国々で開かれるに備え戦勝国側の一員として参加し、ましてや国連の常任理事国の一国の席を占めている国として非難される事のない様にとの狙いによる。

無論転向する日本兵ばかりではなかった。中には彼らの洗脳教育を断固拒否する捕虜も多数いたのである。

その捕虜達は毎日毎日過酷なシベリア鉄道の複線化工事に駆り出され吐いた息も凍り付く極寒の大地で息絶えた。

反ソ分子として制裁を受けたのである。無論このような事は歴史の表には記されない。労働力と洗脳が天秤にかけられ虐めともいうべき待遇を強いられた。

竹田菊雄もその一人であった。かねてから反ソ分子としてマークされていた彼は舎監の一存により酷使された。日々体力が失われて行く日々で田野中は必死にサポートした。女炊事長に拵えさせた特製スープを密かに飲ませ栄養を補完すべく立ち回った。

不思議な縁がこの二人にはあった。部隊は違うのに食事改善を訴えた竹田少尉に共鳴を覚えた田野中は尊敬すべき先輩としてあの出来事以来付きまとっていた。女衒の様な事は曖気にも出さなかった。・・・大日本帝国軍人としての誇り高き男竹田菊雄少尉は昭和二十二年（１９４７年）二月小隊からの脱落者（転向者）を一人も出す事も無く隊員達の結束を図っていた軍人は消耗し、ついにその人生を終えた。・・・亡骸は粗末な捕虜墓地に埋葬された。残った番小屋の住人達や隊員達はカチカチの大地を歯を食いしばりながら掘った。涙を凍らせない為に・・・。

田野中は泣いた・・・『俺のちゃらんぽらんな性格を受け入れてくれた唯一人の軍人さんだった。奥さんと娘さんのお写真の裏に住所が書いてある…俺は何としても内地に帰る…帰って見せる。帰って奥さんと娘さん会って竹田少尉の最後をお伝えする…』

田野中は〈マーリンキ田野中〉として収容所内のソ連兵から愛された。マーリンキとはロシア語で〈オチビさん〉という意味だった。

彼は日本国軍人の如何に勤勉実直であるかをソ連側の人間に伝え、労働者として質の高い労働力を活用する事がソ連側にとっても最大の有効な方策だと訴えた。

収容所での彼の経歴をもっと書きたいのだがひとまずこれにて終了する。


田野中正雄はシベリア引き上げ船で昭和二十六年（1951年）舞鶴に着いた。

日本国内は戦後復興の真っただ中にあった。彼はひとまず神戸に帰り、生家を訪ねた。

父と母は健在だった。下の兄は学徒動員で南方に送られ空っぽの遺骨箱で帰って来たが姉二人と長兄は健在だった。神戸は目まぐるしく復興を遂げていた。緑色の市電は元気よくチンチンと警笛を鳴らしながら三宮から神戸駅の間を東西に勢いよく走っていた。人々もお洒落な装いで町の賑わいの中にいた。

細（ささ）やかな帰還祝いを家族で開いてくれた後、田野中正雄は父母に伝えた。

「東京へ行って来ます。私のこれからの身の振り方はともかく、抑留先で知り合った人の遺品を届けたいんです。それを済ません限り俺は何も始まらんのです…お父さんお母さん行って来ますよ…。」

舞鶴に着いてからすぐに厚生省の役人から一時金（抑留の）を少し手渡され東京への旅費は充分確保できていた。今後恩給も支給されるであろう。父母への扶助も出来るだろう・・・

東海道本線始発駅神戸から急行に乗り正雄は車中の人となった。・・・

ここで菅原謙吾の昭和二十年（1945年）九月の鶴岡の様子を記す。

伊勢で憲兵隊長西条少佐から説諭された謙吾と多田の故郷への帰省までは書いた。

鶴岡に帰った謙吾は疎開していた姉利絵にこっぴどく叱られた。「大体お前は何を考えていたんだ…一刻も早く母さんの下へ帰って来るべきだったろう…手紙と言えない封筒への殴り書きなんぞもっての外だ…どれほど母さんが気を揉んだか知らないのか…謙吾！」・・・

頬面を引っ叩かれた様な迫力だった。これまでも姉には頭が上がらなかった。姉の矛先も収まった頃合いに謙吾は言い訳こそしなかったが土浦、谷田部での経過報告と伊勢神宮への参拝理由を手短に話した。また、吉原少尉との宿舎での話、鹿屋への離陸の件を語り終えた時、利絵は静かに言った。

「謙吾、そんな事があったのか…」暫く黙っていたが母親ミツに言った。

「母さん、謙吾には私も言い過ぎた…ともかく謙吾を酒田へ行かせましょう。」穏やかな口調だった。・・・

酒田の吉原少尉宅の住所を知っていた訳ではなかった。実家が漁師だという事を頼りに謙吾は出発した。

羽越本線鶴岡駅。空は綺麗に晴れ渡っていた。小さな駅舎には行商人（女性）達が大きな目籠を傍らに置いてお茶を飲んでいる。ホッケの干物を齧っている。謙吾はその人達に話し掛けた。

「酒田駅から漁港までは遠いんですか？」中の一人が答えた。

「うんにゃさほどでもねえ…兄ちゃん何処さ行くんだ？」

「漁協です…吉原さんという家を教えてもらおうと思って…」期待薄の感があったかも知れない。

「ならわかるって、俺が案内してやる。」思いもかけない言葉だった。


ホームに入って来た列車に乗り込み窓際に座った。行く手の窓外に鳥海山の山影が見えて来た。青い空と頂上の白雪のコントラストがひと際美しい。日本海も紺色の海面に白い波頭を描いている。

『吉原少尉の言っていた通りだ…』・・・一時間程乗車してから酒田駅の改札口を出た。

案内してくれるという女行商人の後に続いて歩いて行った。

漁協事務所があった。その前を女行商人はスーと通り過ぎ防波堤の海岸沿いを歩いて行った。

黙ったまま二人して歩いて行ったその先の一軒。割と大きな佇まいの住宅（屋敷）の門構えの前で立ち止まった。謙吾を振り返った。

「ここだっちゃ…声掛けてやっからついてくるべ…」玄関の方へ歩き出した。

「吉原さん…松っちゃん居るかね…」ガラスの入った玄関戸の前で大きく声掛けた。

すぐ応答があった。

「フクさん?…」玄関戸を開けながら若い女性が顔を現した。・・・吉原松子だった。

「この人がね吉原さン家へ行きたいっていうからさ連れて来ただよ…。」フクさんと呼ばれた女行商人が答えた。坊主頭の謙吾が言葉をつないだ。

「こちらは矢田部航空隊の吉原少尉殿のお宅でしょうか?」相手の女性は十六、七と思えた。

「はいそうです。…兄の事でいらしたのですか?」睫の長い綺麗な目をした女性だった。

　女行商人にお礼を言って引き取ってもらい、謙吾もまた「有難うございました。」と礼を述べた。それから松子は謙吾を家に上げた。応接間と思しき座敷に通されテーブルの前に案内された。畳の上にペルシャ絨毯が敷かれている。椅子の上に謙吾は座った。

　程なくして吉原少尉の両親が姿を現した。

「康造の事でいらっしゃったんですか?」父親の嘉一郎が言葉を掛けた。

「はい。吉原少尉殿が谷田部での最後の飛行を見送らせて頂きました。」椅子から立上り背筋を伸ばして謙吾は答えた。嘉一郎は座る様に手を差し出し謙吾と相対した。母親は嘉一郎の傍らに立ったままであった。静かに松子がお茶を用意して入って来た。謙吾に差し出されるのを待って嘉一郎が言った。

「…終戦前に…遺髪の入った白木の箱が届きました…沖縄方面で戦死したと書いてありました…鹿屋の事は康造から手紙が届きました。…」ここで嘉一郎は便箋を取り出し謙吾に差し出した。

〈明日康造は皇国の一矢として出撃します。これまで私を育てて下さった御恩に感謝しその想いを抱いて往きます。敵艦隊の一隻を必ず屠ります。弟の義松、傳三は幼いですがどうか皇国を支える男子として教育してください。松子は私には過ぎた妹でした。どうかいい男子に嫁がせてください。只々父上母上のお体安息を祈念しております。

　名も知らぬ　花を抱きて　我は発つ

海軍少尉 吉原康造拝〉・・・

読み終えた謙吾の眼からハラハラと涙が流れ落ちるのを嘉一郎夫婦は黙って見ていた。

・・・「菅原さん？…康造は何か言っていましたか？…」嘉一郎の傍らの母親登志がゆっくり聞いて来た。・・・物静かな言葉だった。

謙吾は手拭いで顔を拭きながら返すべき言葉を探した。

「谷田部から鹿屋へ出陣される前の夜私の班へお越しになりました…酒田から眺める鳥海山がとても美しいと仰ってました。…漁協事務所に張り出された予科練生募集の貼紙に心が躍った…私に向かって、お前はしっかり泳げるのか？俺は水泳が大の得意だ…川でも海でもどこでも泳げるぞ…そんな事を話されました…そして最後に『この戦争は分が悪い…俺の名前を言っておく、吉原康造だ』…と仰いました。」・・・「自分はあくる朝吉原少尉殿が一番機で九機編隊を従え出撃する様子を目に焼き付けました。笑顔で発たれました。全員帽振れで送らせて頂きました。」

「前日夜の吉原少尉殿の言わんとする事がしっかり理解できました。」・・・

「私が生きて郷里に帰った時に少尉殿のご家族にこの事をお伝えする義務があると思った次第です。」・・・しばし沈黙が続いた。

「菅原さん…よく来て下さった…康造が貴方に頼んだ件、しっかり受け止めました。息子は本当に泳ぎが得意でした。河童の再来か？と、この辺りでは評判でした…何回か溺れかかった子供を助けていました。海軍を志願したのはこの泳ぎへのこだわりがあったのかもしれません。」

嘉一郎の傍らの松子が涙ながらに話を始めた。

「菅原さん、…私と兄は秘密の約束をしていました…航空隊に入って兄はアメリカをやっつける…『俺がもし生きて帰れなかったら俺の代わりに必ず誰かを寄こす…松子その人をよく見ろ』と…」・・・その意味を松子はたった今理解したのだった。

両親は黙って聞いていた。再び沈黙の時間が支配した・・・。

・・・謙吾は網元であった吉原少尉の両親から沢山の海産物の土産をもらい帰路にあった。車窓から鳥海山を振り返り今日の出来事を心の中で反芻した。・・・松子の清楚な姿が思い出された。

あの酒田での松子の面影が忘れられない日々を鶴岡で過ごした謙吾は結婚自立という目標を見出し母や姉二人とも相談し地元の荘内通運に入社した。運転免許を取り大型トラックで日本各地に輸送業務に従事したいとの思いがあったからだ。黎明期の運送会社はドライバー不足に喘いでいた。トラック助手をしながら謙吾は一年がかりで大型免許を取得した。国内の自動車メーカーは1トンから3トンのトラックを製造する体制がようやく確立した昭和二十三年五月のある日、手紙のやり取りを続けていた吉原松子が来鶴した。会社から鶴岡駅までは車で十分。

謙吾は会社の小型トラックで迎えに行った。

いつもは謙吾が酒田迄出向き吉原康造の墓参に松子と一緒に出掛けていたのだが、歩いて行く道すがら松子の横顔を見つめていくのが楽しみだった。

白い帽子をかぶり同じく白いワンピースとブルーのカーディガンに身を包んだ松子は小さな駅舎から出て来た。
・・・もともと色白の松子なのだが今日の晴れた天気の下で猶更白さが際立っていた。
本人は薄い頬紅で謙吾に気取られない様に化粧していたのだが・・・鶴岡には何度か学校行事などで来ていた。今日は謙吾と初めての鶴岡デートだった。

「松っちゃん、お洒落だね…鶴岡へようこそ…。」自然に言葉が出た。

「天狗さんを見に行きませんか?トラックだけれど会社から借りて来た。…どうぞ乗ってください。」

やや高い助手席に松子を乗せた。羽黒山までは車なら小一時間ほどで行けた。
・・・だが、なかなか五重塔に辿り着けない…勝手知った山だと思っていたのだが・・・
じりじりと腋の下を汗が出ているのが解る。『あれっ迷ったか?』地理感覚がなくなっていた。

深い沢を眼下に見て急な坂道を必死で謙吾は運転した。杉や檜の鬱蒼と茂る山道は薄暗かった。

何時の間にか車は立矢沢川（最上川の支流）あたりの開けたところに出た。

『ここは?』太陽の位置と時間とで山地の峰々を二つ三つ越して来たのだと思った。

途中余裕をなくして松子との会話も無かったのだが、

「松っちゃん天狗さんにからかわれた。今更戻る訳にはいかない…御免…」

「凄い道だったわね…私も緊張していた…謙吾さん疲れたでしょう少し休みましょうよ…」

ここで謙吾は車を停め流れている川面に歩いて行った。水を掬い顔を洗った。

松子も後ろからついて来ていた。手を洗い傍らに置いてあった手提げの網籠（今で言うピクニックバスケット）からおもむろにお茶とサンドイッチを取り出した。

「謙吾さん、お昼にしましょう。召し上がって。」謙吾はこの言葉に救われた。

河原の大きな流木に腰かけて謙吾と松子はそもそもここへ来る事が目的であったかのように笑顔でサンドイッチを口にした。吹き渡る風、川の瀬音の規則正しさ、上空ではトンビがゆったりと旋回している。・・・この日の事を二人共ずっと忘れないだろうと思った。

結局、川の流れに沿う道筋を通り酒田まで松子を送り届けた。松子家族に会い今日の出来事を冗談めいて話した。母登志は笑みを浮かべながら二人の顔を見つめていた。

父親の嘉一郎は謙吾の手を取り眼を見つめて言った。

「有難う…謙吾君…」後は喋らなかった。


あのトラックでの鶴岡デートから程なく松子は酒田の病院に入院した。二度目だった。

病名は〈骨髄性白血病〉・・・どうしようもない病気だった。

その半年後昭和二十三年十二月松子は家族と謙吾に看取られながら息を引き取った。
享年十九歳・・・謙吾は言葉を失っていた。・・・そして慟哭した。再び謙吾は生きる目的を喪失してしまった。・・・以後の謙吾の苦闘は後述する。

大平 豊の話をする。・・・
あの日、大平は謙吾たちと別れて東京駅に降り立った。苦しめられた艦載機の爆音も無く復興への足掛かりを帝都東京は模索していた。見渡す限り空襲で痛めつけられた〈東京〉があった。
深川まで歩いた。家と両親の無事を確認した。・・・
予科練で外地へ出なかった理由を両親に説明した。二人共「生きて帰ってくれただけで何も言う事は無い。…豊…待っていたよ…」同じことを喋った。小路を一本隔てた菊池さんの事が気掛かりだった。母親に聞いた。
「基子ちゃんの家はどうなってます?」春先に聞いた東京大空襲が脳裏から離れなかったからだ。
基子の家は無残にも空襲の残像を保ちながらそこにあった。人のいない住み家は全く精気が無かった。大平 豊は暗澹（あんたん）とした。
昭和二十年十一月五日戦災復興院が設立され日本国大都市を中心に復興計画が定められた。

空襲の経験から幅員50m道路、100m道路が大都市で計画されたがさすがに100m道路が実現したのは名古屋と広島だけだった。だが民間の復興への動きは速かった。

大地主が存命していた中央区、港区はその資金力で見る見る間に銀行や保険会社や証券会社のビルが建てられた。電車路も整備された。ただ下町の焼け出された街並みを復興するのには時間がかかった。東京都各区で土木局、法務局への人材確保から始まりそれから復興計画が策定されたのだが一部の人達はそれを待たず疎開先から帰ってきてバラックを立て始めた。・・・

昭和二十三年（1948年）東京大空襲の犠牲者たちの納骨作業が東京都から告示された。

その知らせを聞いた基子達疎開組は復興著しい東京に戻って来た。

かつての住まいは既に取り壊され更地になっていた。

不逞な朝鮮人達が不法に釜山から密入国してきて日本国各地で各地の所在者不明の空地に不法占拠し、あたかも自分達の所有地だと言わんばかりにバラックを立てて行った。

また、国内の未亡人達を篭絡（ろうらく）しあたかも日本人夫婦であるかの如く振舞い駅近くの土地を占拠していった時期があった。

浅草や深川など下町ではそのような事を阻止した一団があった。前述したヤクザの一団であった。

都内各所で仮埋葬された犠牲者たちを掘り起こし東京都慰霊堂に納骨する仕事にここでも彼等は自発的に行動を起こした。日本人に成りすました不逞朝鮮人達を徹底的に排除し（時には銃撃戦もあった。）

追い出した。（注記はしないが当時の新聞記事が沢山ある。）

基子母娘、渡辺ひろ子の三人はそんな状況の深川に足を踏み入れたのだった。

その時、大平豊は都内の出版社に勤めていた。ひと月ほど前母芳江は親しくしていた大平の家に便りを入れていた。住むところは無かったが深川に帰り一心同体に働いていたひろ子と一緒に家を再建する旨の手紙だった。・・・大平の父は異も無く〈当面は家に住まっても良いですから帰ってくれば〉と返信していた。手紙のやり取りの中で豊は女性三人が我家（ウチ）へ来る事に違和感を覚えていたのだがその日がやって来た。会社に休む旨連絡し基子達を待った。

基子達はまずは深川へ足を向けた。大平の家へ挨拶に伺い芳江は妹の家に当面住まわせてもらい妹の主人の力を借りながら家を再建したい旨を話した。

淳子の住まいは板橋の方にあって幸いにも空襲の被害は免れていた。（子供のいなかった淳子は一人で空襲に耐え切れず基子達より早く小布施に疎開していた。）南方から復員して来た幸助（叔母淳子の夫）の行動力を頼りにやってみる事にしたと。・・・

幸助はもともと大工であったので大いに活躍した。闇市でトタン板（今で言うリサイクル品）をしこたま買い集め、深川の基子の家を建設していった。

女三人は幸助の指示に従いしっかりと手助けをした。豊は帰宅後や休日は基子の家へ手伝いに出向いた。

ひろ子の家は借地であったので既に家作が建てられていた。

ひろ子と芳江母娘はひろ子の父親の集団納骨に立ち会った。掘り起こされ火葬されるすべての遺体に敬意を表し東京都慰霊堂への納骨に立ち会った。東京都慰霊堂への納骨の際は豊も立ち会った。出版社でもその特集本を出した。ヒラの編集部員だった豊もそれには参加した。教科書が主力のＴ図書では異例の事だった。

戦後誤解されている事が多々あった。軍国主義の犠牲になったという〈学徒出陣〉（註11）である。・・・戦争反対だったのに無理やり駆り出され戦地に赴き戦死した・・・世間の風潮に抗えず特攻を志願し沖縄で散った・・・戦争反対を言うと特高に捕まり監獄に入れられ拷問される・・・等々。

戦後七十四年経った平成三十年に私は大平氏から贈られた甲飛十五期記念誌《おおぞら》に添えられた一文を今（令和四年）改めて読み返している。

〈…当時誰からの指図も無く若き青少年が祖国を護る、その一念で自ら行動を起こしたのは事実なのです。…中略…現代、戦争はあってはならない事です。絶対反対です。しかし当時は戦争の最中にありました。戦争の最中我々世代は自分の事よりも守るべき祖国、愛する家族の為に立ち上がる事を何の躊躇（ちゅうちょ）も無く行動に起こしました。…後略…〉・・・令和四年六月（２０２２年）ロシアがウクライナを侵略している現在、私は戦争という事実とこの文章を改めて読み返した次第である。

・・・遡る事三年前、昭和二十年八月渡辺ひろ子の兄誠一の遺骨は小さな白木の箱に納められて届けられた。尤もひろ子は小布施に疎開中であったので、郵便局の律儀な転送作業でひろ子迄届き涙ながらに受け取った。

沖縄方面への特攻出撃で果敢な戦死を遂げたと書いてあった。箱の中身は遺髪であった。

唯一人の肉親としてひろ子は兄と共に疎開先の小布施で過ごした。芳江母娘と共に野良仕事に従事し居候の身分を解消する労働力を提供していた。一方基子も都内に足場が無い現状では女学校に復学もままならず中退せざるを得なかった。（但し後の特例により卒業資格が付与された。）二人共よく働いて小布施の芳江の実家を援けた。・・・

・・・小布施での三年間はこのようにして過ぎて行った。

深川の基子の家はともかくも仕上がった。芳江は軍人恩給の中から毎月少しずつ妹の家に返済していった。

基子は丁度二十歳（はたち）になっていた。一方ひろ子も同い年だった。生死の狭間を必死で潜り抜けた二人の絆は強かった。二人共鉄道弘済会（今のＫＩＯＳＫ）に採用され上野黒門町の義肢製作所で働くことになった。

昭和二十六年（１９５１年）八月芳江は一通の手紙を受け取った。差出人は田野中正雄とある。

急いで開封し貪る様に行間を読み通した・・・

〈私は田野中正雄と申します。シベリア抑留の帰還兵です。ほんの数日前に郷里の神戸に戻ってくる事が出来ました。抑留の最中竹田少尉殿とご一緒し過酷な収容所生活を共にして参りました。

少尉殿は残念ながら昭和二十二年二月抑留地のイルクーツクでお亡くなりになりました。一枚の写真をお預かりしています。住所も記載してありました。一刻も早くお届けに上がり少尉殿のご最後をお伝えせねばと思った次第です。この手紙が無事お手元に届きましたら是非ご返信をお願い致します…以下略〉・・・芳江は少しの躊躇いも無く返事を認めた。

何度目かの終戦記念日を迎えた八月の終わり田野中正雄は東京駅に着いた。折しも巷は朝鮮動乱が勃発し前線基地となった日本は俄かの特需ブームに沸いていた。

『朝鮮に関わったら駄目だ…こんなもん有難がる道理が無い…』正雄は心中不快な気分で一杯だった。

・・・『東京か…よう復興できたんやなぁ…』正雄は総武線に乗換え両国で降りてみた。歩く事は何の苦もなかった。『東京は大分どころか滅茶復興しとる…』・・・

気持ちの昂りを覚えながら正雄は歩いて行った。三十分ほど歩いただろうか芳江達の住む住所に辿り着いた。戦時中ならば何の躊躇いも無く玄関をノックしただろうが現在の自分はこの昭和二十六年では浦島太郎だ・・・そんな気持ちと一緒に芳江母娘の家の玄関を叩いた。

基子が出て来た。「田野中さんですよね…娘の基子です…ご出征ご苦労様でした…」

正雄は目を瞠った。『こんな大きな娘さんになって…』・・・言葉が無かった。・・・あの大きな眼から流れ落ちる涙を拭きもせずただただ基子を凝視していた。

芳江の導きで部屋に通された。女所帯の部屋の中は何処も小綺麗に整頓されていた。冷たい麦茶が出された。女三人が畏まって挨拶した。

「渡辺さん?どういうご関係ですか?」正雄は芳江からの便りに書いてなかった名前に敏感に反応した。

基子が説明した。・・・あの東京大空襲の夜から一緒に暮らしていると・・・。

正雄は既視感に襲われた。ひろ子と以前何処かでこんなシチュエーションで対面した事がある・・・この既視感はかなり強烈だったせいか、ひろ子にこんな言葉を向けた。

「渡辺さん、誤解せずに聞いてください…私はあなたとの間に運命的なご縁を感じています…竹田少尉殿のお導きかも知れません。私はあなたに是非私という男を知って頂きたい…」なんとプロポーズしたのであった。そんなやり取りがまずあったのだがすぐさま本題に戻った。

シベリアでの竹田少尉の毅然とした生き様、小隊をしっかりまとめていた実績、何よりも家族を愛しんでいた様子、写真を形見に受け取った時の様子・・・すべてを克明に話し終えた正雄は三人の女性に深々と頭を下げた。・・・『お助けする事が出来なかった…あのソ連の残虐さに抗する事が出来なかった無力感は今も俺に纏わりついている…』そんな思いに囚われていた。

沈黙を破ったのは芳江だった。

「田野中さん本当にご苦労様でした。世間では早々とシベリアから帰って来た人達もいらっしゃる中最後まであの地で闘われた事を尊敬いたします。」

「これからはご自分の人生を誠実に歩んでください…主人が節を曲げない人間だったという事をお聞きし、主人を敬愛する気持ちが改めて湧き上がりました…感謝の気持ちで一杯です。」

「田野中さん本当に今日お見えになって頂き有難うございます。…この写真は主人の求めで送ったものに間違いありません…」・・・複雑な涙だった。芳江は写真を胸に抱いて突っ伏した。

基子は朧気(おぼろげ)な記憶の中から父と母の結婚式の写真を呼び起こしていた。

竹田家の話に取り残された感を持っていたひろ子は黙ってこの場を眺めていたのだが田野中と目が合った。

「田野中さんお努(つと)めご苦労様でした。先程は私へのお言葉を頂きとても有難く思っておりました。」

不思議と素直に正雄に話し掛けた。正雄はひろ子にしっかり視線を合わせ話し掛けた。

「ひろ子さんあなたを初めて見たときから私の心が騒ぎました。偽らざるところです…どうか私と結婚を前提にお付き合いして頂けませんか?」再び、はっきりとひろ子に言ったのだった。

二人の会話を傍らで聞いていた基子は『なんというご縁なんでしょう…不思議だわ…』と感じていた。

芳江も涙を拭き努めて冷静さを装って二人に話し掛けた。

「田野中さん、ひろ子さんお二人がご一緒になるという事でしたら喜んで祝福しますわ…ひろ子さん是非新しい家庭を作ってください。応援します。」

・・・この時から一か月後ひろ子は迎えに来た田野中と共に神戸へと旅立った。
田野中と共に十分幸せな家庭を築いた。もてる男正雄の女性関係に一時は悩みもしたが何時の間にか正雄を支配するほど強くなっていった。娘二人が強力な理解者となっていた。昭和六十年田野中正雄没。ひろ子は平成十年孫たちに囲まれながら息を引き取った。


基子はこの後職業婦人として鉄道弘済会で持前の決断力を発揮し結構な地位まで上り詰めた。

結婚は同じ職場の男性と結婚したのだが子供を設ける前に離婚という事になってしまった。

理由は相手男の不倫を知ってしまったことによる。・・・そんな基子も鉄道公安官（現在の鉄道警察隊）の真面目な男性と再婚（婿養子の形で入籍し竹田家を存続させた。）一児（男子）を設けて幸せに暮らしていた。芳江は幸せな祖母となった。芳江は平成五年八十五歳で亡くなった。基子は平成二十五年八十四歳没。


大平は取引先の聡明な女性と一緒になり、これまた戦後の高度成長期を経て三児の父となった。

今は孫が六人いる好々爺である。ただし高齢である。令和四年現在謙吾と同じく九十五歳。・・・

多田は都内で大学に入り卒業後は政治に関わり代議士秘書となりその後北海道議会議員となりその方面で実績を残したが平成十年他界。三人の中では一番早く亡くなった。

余談ではあるのだが、私は今、戦後七十七年経過した、元号も平成、令和と変わった令和四年〈２０２２年〉にこの原稿を書いている。歴史を検証する資料（文献）も豊富にある時代にいる。

歴史の検証とは？・・・史実は事実であり客観的な第三者の理解（評価）と当事者の理解が一致した時、歴史上の出来事は〈解釈としての史実〉たりえる。

では第三者とは？・・・残念ながら存在しない。どの人間もその各人の知見を持って事象に向き合う・・・言ってみれば己の主観でしか物事を見れないわけだから、感情、感性、感覚を超越した客観性は存在しないという事である。

作品において恣意的なストーリー展開は筆者の特権としてあるのだが、歴史の解釈も同様ではないかと思う。史実は一つの解釈だけではないという事だ。誤解を恐れずに言うのだが（半島国家ではないが）〈書きたい事を書く〉それに尽きると思う。

私の本意は何も戦中戦後史を展開したい訳ではない。歴史に登場しない無名の人々が必死に生きた証を謙虚に述べたいと思う気持ちに変わりは無い。

　ここに記した事は概ね当時を生きた人々にとって共通の戦争体験であったと思う。


謙吾のその後を記述してこの章を終わりたいと思う。

昭和二十三年松子との実らぬ恋の後、謙吾は彷徨っていた。・・・

謙吾の丸坊主頭が会社の中で存在感を増していた頃。宿直業務で会社の仮眠所で先輩と二人、部屋の中にいた。戦争体験の豊富なこの先輩に対して謙吾は少なからず尊敬の念をもっていた。

　その夜取り留めのない話をしていたのだが、

「菅原、お前に面白いものを見せてやる…だが口外するな…」そう言ってその先輩は結跏趺坐（座禅の事）を組んだ。暫く瞑目していたが、なんとその体が突然浮遊したのだ。謙吾は心底驚いた。恐怖感も伴っていた。程なくしてその先輩は現実世界に戻って来た。

「菅原…何の役にも立たない俺の浮遊術だがこれはこれで俺は羽黒山の天狗さんの恩恵に与っている。…沖縄のある島でアメリカに投降した俺だが劣悪い環境の中、ただ一度も病魔に襲われることも無く銃弾も俺の体のどこも掠らなかった…。子供の頃羽黒山に入った時、俺は神隠しに遭ったらしい…親は必死で祈願し毎日拝殿にお参りしたそうだ。」ここまで言って先輩は煙草に火を着けた。

　煙草の煙がゆっくり天井に向かって昇っている。

「俺が居なくなって丁度五日目の朝、羽黒山神社の拝殿の前で佇んでいる俺を見つけてくれた村人が親のところへ連れて行ってくれたそうだ。…親は嬉しくてまた、羽黒山神社に俺を連れて行きお礼を言ったそうだ…。」・・・じっと黙って聞いている謙吾に向かって先輩は煙草の灰を灰皿に落しながら言葉を続けた。・・・

「親は、何卒天狗様のお力をこの倅にお与えください…必ず御恩に報いる子供に致します…そう言って俺を前に押し出して必死に祈ったそうだ…その時ヒューと風が吹き渡り天狗さんらしい笑い声が響き渡ったそうだ…」

謙吾はこの羽黒山天狗伝説を述べる先輩に畏敬の念を込めて言った。

「先輩、実は俺も変な体験をした事があります…先年亡くなった交際中の女性と羽黒山にドライブした時に何故か五重塔に辿り着けず、道に迷いとんでもない所に出てしまいました…彼女に『天狗さんにからかわれた』と言ってその時は言い訳したのですが…やっぱり天狗さんの仕業だったのでしょうか?」・・・煙草を消しながら先輩は俺を見つめて言った。

「菅原、そうだと思うよ…お前とその彼女をお山に受け入れたら何か良くない事があるという事じゃなかったのかと思うよ?」・・・先輩はそう言ってゆっくり寝床に向かった。謙吾も従った。

そんな体験の後、昭和二十七年春、謙吾は一人の女性をその先輩から紹介された。

佐藤美代子という荘内銀行の、今で言うＯＬだった。兄の民治は県内歌壇の重鎮であった。

その様な身内の中で育った美代子は自身も文芸、特に短歌に興味のある女性に育っていた。

昭和二十八年十月二人は結婚した。二人で必死に働き家族を護って行った。
ただひたすらに夫謙吾に尽くし、三人の子供を育て美代子は健気な人生を全うした。平成二十九年九月三日の事だった。享年九十歳。
美代子の遺稿集《曼殊沙華(まんじゅさげ)》を翌年平成三十年謙吾は上梓した。
その一冊を私に送ってくれた。手に取って読み進めているうち数々の新聞の選に受賞している美代子の力量を感じると共にエッセイの中から一つの文章が私の心に響いた。

抜粋する。

【日の丸の歌】

〈昔々の雪の降る日の事です。

朝早く一人の青年が訪ねてきました。近くに住んでいる、ちょっと暗い感じの人でした。
しかしその朝は何故かすっきりと、顔も身なりも綺麗でした。玄関に出た母と、暫く話をして帰る時に、その青年がさっと姿勢を正して、挙手の礼をしたのです。ふり向いた母の目が少し潤んでいました。

その青年は、明日出征するということで、その前に母に一言お詫びを云いに来たとの事でした。
それは私の家の小屋に飼っていた、兎を一羽盗んだ事があって、それを母に詫びる為に来たのでした。

母は只その人が出征する事に思いがいって、何か餞別はないか、千人針の腹巻は間に合わないし、うろうろしていました。

私は不思議な思いがしました。きっと母は何もかも知っていて、それまでだまって居たのでしょう。兵隊になって出征すると云うことは、死を覚悟することです。母はその青年の一途な思いを考えて只無事に帰ってきてほしいと武運長久を祈ったと云います。

次の日に朝、家の裏のお稲荷様の前に、母は立っていました。大きな日の丸の旗を竿に結んで雪の中に立てて、両手でしっかりと持っていました。私は傍らで小さな旗を二つ持って母と並んでいました。

家の裏から汽車の線路までは、真白な雪の原が続いています。赤川にかかる鉄橋は真赤で、駅を出た列車がその鉄橋に入るちょっとの間に、私の家の裏のあたりが、はっきりと見えるのです。

あの青年は、母と私が全身の力を込めて振った、日の丸の旗を見てくれたでしょうか。〉

また優れた短歌、俳句をものにしている。歌壇、俳壇で数多く選に入っている。

その中から私の好きな歌と俳句を一首ずつ披露させて頂く。夫や家族に対する深い愛情を感じる事が出来る。・・・

昭和六十年八月二十日

真珠湾に沈む戦艦を訪ひし 思いを語り夫涙す

平成元年二月十四日

ことことと豆煮ゆる夜の雪積むや

・・・この句の静寂感を胸に抱きながらこの第一章を終えたいと思う。

第一章最後の予科練生　あとがき

菅原謙吾氏は私の第一作目小説《海峡の風》の鶴岡市史、北海道開拓にまつわる主人公の資料提供者である。・・・平成元年当時カトリックの信者であったが精神的な葛藤を抱えていた事を私は伺い知ることが出来なかった。

平成最後の年（２０１８年）お会いしたい旨の手紙を出して鶴岡で対面させて頂いて以来、手紙のやり取りは三十通を超える。また、甲飛第十五期　土浦海軍航空隊　第二十四分隊の現在生存者（当時四名）で集う会〈土空名残の会〉第五回記念　札幌大会　２０１９年７月１９日（金）～２０日（土）に私も参加を許された。

遺族の方の参加も多く盛会であった。

朝鮮からわざわざ特攻に赴くため鳥取県美保航空隊に志願入隊した佐藤隆保氏ともお会いした。

お孫さんの史隆氏とカラオケで大いに盛り上がった。

その佐藤氏も亡くなった。

大平氏には毎年三月に靖国神社で開かれる遺族会の会合でお会いできると楽しみにしていたのだが世界を恐怖に陥れた新型コロナウイルス（武漢ウイルス）禍で丸三年その機会を逸している。第二十四分隊の現在生存者は菅原氏、大平氏の二名のみとなった。

菅原氏はその後浄土真宗に帰依し心安らかにデイサービスを受けながら日々暮らしている。

令和四年七月三日未明　第一章脱稿

註1　焼夷弾については東京都復興記念館の展示パネルを参考にした。B29の機体スケッチ迄ある。また、早乙女勝元著〈東京大空襲〉二〇〇三年八月三〇日初版発行　河出書房新書　を参考とした。

註2　国共合作とは中国国民党（孫文↓袁世凱↓蒋介石）と中国共産党（毛沢東）が協力し反帝国主義、反軍閥のもと共闘路線をとった事をいう。第一次（1924〜27年）第二次（1937〜45年）ここでは第二次の事を指す。

註3　ジュネーブ条約とは1864年に赤十字国際委員会（ICRC）がスイスのジュネーブ〈戦争時の捕虜に対する扱いを人道的にする必要がある〉と提唱し各国が賛同し締結された。1927年に締結された〈俘虜の待遇に関する条約〉に日本は署名したが批准せず、1942年1月29日非戦闘国（中立国）スイス、アルゼンチン代表を通じて同条約に準拠する旨を回答した。

註4　隣組とは大東亜戦争開戦前から日本の各集落において組織化された官主導の銃後組織をいう。10軒程度で一単位とし、団結協力、相互扶助、防疫、防空対策を主眼とした組織。

註5　省線とは鉄道省、運輸通信省と推移したが〈省〉からその運営上の鉄道線をいう。

註6　小作制度。農民が土地を持たず（持てず）土地の所有者から土地の所有権を得て農作物の耕作をして取り決めによる耕作料を支払う制度。戦後GHQによりこの制度は解体された。

註7　東京都慰霊堂、この堂は、大正十二年の関東大震災で最も被害の大きかった被服廠後に遭難者の遺骨を納める霊堂として建立された〈震災記念堂〉が前身である。昭和二十六年、都内各地に仮埋葬されていたご遺体を改めてこの堂に奉安して、〈東京都慰霊堂〉として東京大空襲の惨禍を偲び以後慰霊が行われている。

註8　関東軍は、大日本帝国陸軍の総軍の一つ。大日本帝国が中華民国から租借していた、関東州の守備、及び南満州鉄道付属地警備を目的とした〈関東都督府〉の守備隊が前身。司令部は当初旅順に置かれた。満州事変を引き起こして満州国を建国し、〈日満議定書〉後は満州国の首都である新京に移転した。この関東軍は後々日本国の政治外交過程に大きな影響を及ぼすことになった。・・・ウィキペディアによる。

註9　通州事件　〈新聞が伝えた通州事件　１９３７〜１９４５〉集広舎刊　藤岡信勝・三浦小太郎・但馬オサム・石原隆夫編　に詳しい。当時の新聞社の記事がそのまま収録されている。

註１０　シベリア抑留　大東亜戦争終結後武装解除し投降した日本軍捕虜や民間人らがソ連によってシベリア各地やモンゴルなどへ労働力として連行され、長期にわたる抑留生活（奴隷的強制労働）によって虐げられた生活を強制された。厳寒の地での過酷な労働により５７万５千人のうち一割に当たる５万８千人が死亡した。ソ連から現在のロシアに至る中でこの件に関する釈明は〈戦闘行為の中での捕虜としての扱い〉だとして正当な戦勝国の権利だと主張している。

註１１　学徒出陣とは、大東亜戦争の戦況が悪化してきた時期、中等学校以上の学生達を動員して軍需

工場や農村に強制的に労働させるという対策（学徒動員という）を打ち出してから今度は戦線に派遣すべく兵役法（徴兵令の更新）により兵役免除となっていた学生達を戦線に送り込んだ、このことを指す。

令和五年三月二十三日未明校正　注釈終了

第二章　鹿屋と知覧

大東亜戦争最後の年の無名の人物像を描くことは第一章に引き続き特段問題も無く思われたが、この章に入った途端、まことにもって難しさを覚え筆が進まない。

何に起因するのか？

一時はウイスキーの水割りだけが何故か捗り一行も書いていない日々が続いた。

プロットを書いては直しの繰り返しでメモ帳を徒に汚した。

しかし悠長な事を言っておれない自分を奮い立たせ、気持ちを引締めてＰＣに向かっている。

（肩肘を張って読者に説教じみた事を書こうとしたのかも知れない。そんな自分を捨て謙虚な姿勢で取り組むことにした。）

第一章の登場人物渡辺ひろ子の兄誠一の消息を追う。

昭和二十年三月のある日、誠一は大きな袋を持って大分県宇佐の海岸の砂浜を歩いていた。袋の中身はザボンであった。東京の下町に住む家族に届けたい一心で、与えられた束の間の休暇の最中にザボン売りから買い求めたものだった。

この前、海軍予科練飛行隊に入隊した後、誠一は茨城県上ノ池基地で飛行訓練を重ねていた。土浦航空隊と隣接した位置にあった。また、谷田部航空隊基地とも近く、一帯は海軍の練成地域群と言えた。

大東亜戦争の戦況は誠に思わしくなく、昭和十九年八月海軍は特攻兵器ともいうべき〈桜花〉（註1）

〈回天〉（註２）を開発し戦況打開の切り札にするべく隠密裏に全国の航空隊に募集を図った。その目的と、生還不可能の条件を明示した上である。応募者の中から約二百名が十月から十一月迄に721空に着任し、十一月末には4個分隊編成となった。（《海軍神雷部隊》１９９６年（平成八年）海軍神雷部隊戦友会　発行による。）

今の言葉で形容する事は非常に不遜な事で出撃された八百余柱の遺影に申し開きは出来ない事なのだが巷間〈桜花〉は人間爆弾、〈回天〉は人間魚雷と言われた兵器であった。

二つとも母機、母艦から射出されると帰投不能な空と海の戦闘兵器であった。（まして〈回天〉は昭和十九年七月〈脱出装置不要〉との結論を出して以降一気に完成に向かったのだった。）

〈桜花〉の操縦訓練を受けるべく上ノ池に配属された誠一であったが、実機での操縦訓練は流石に燃料や母機の編成点で問題があり多くがゼロ戦五二型での滑空訓練を受けていた。

〈桜花〉が実践投入されたのは昭和二十年三月二十一日野中少佐率いる〈第一回神雷桜花特別攻撃隊〉の出撃による。出撃命令暗号を傍受した米軍により解読されすぐさま敵艦載機部隊が発進された。

敵艦隊を屠らんと出撃した桜花攻撃隊（桜花隊３５名）であったがその途中、敵戦闘機群との猛烈なる空戦を行った。その結果は攻撃隊野中少佐以下１３５名の戦死。掩護戦闘機３０機中２０機の帰還だけであった。出撃１６５名中１５５名を失った。（《海軍神雷部隊》による。以降〈桜花〉〈回天〉の〈　〉

を外す。)


三月になったばかりの二日、誠一の練度評定にAランクを付けた教官が言った。

「これで良し。お前は宇佐基地の桜花部隊へ移動を命じる。一式陸攻で明日向かへ…健闘を祈る…。」

あくる日誠一は同僚五人と共に機内に在った。敵機の空襲の合間を縫っての飛行だった。

幸い敵襲に会う事も無く約千五百キロの行程を無事終えた一式陸攻はそのまま宇佐基地に留め置かれた。

この基地に全国から集まった桜花搭乗隊員は現在80名、第二班5名の中にいた。

桜花の航空機型（43乙型）は当時も研究を重ねられていたが終戦に至るまで実戦投入は出来なかった。あくまで一式陸攻による懸架方式が終戦まで続けられた。


冒頭に戻る。渡辺兵曹がザボンの入った紙袋を持って砂浜を歩いていた時、宇佐基地に攻撃をかけて来たB29に随伴のF6Fヘルキャットの地上攻撃に遭遇してしまった。折しも近くを歩いていた708攻撃隊（桜花を懸架し共に敵艦攻撃に向かう部隊）の宮原 正少尉が誠一に大声で叫んだ。

「何やってる伏せろ!」慌てて誠一は紙袋を放り出し砂浜に突っ伏した。宮原少尉のすぐ傍を敵機の銃弾がダダダダダッと掠めた。誠一の紙袋は運悪く無残に掃射されてしまった。・・・ゴミの塊となっていた。・・・敵機の襲来が去った後、宮原少尉は誠一に向かって言った。

「命が有っての俺達だぞ…貴様名前は?」

「渡辺誠一兵曹であります。」敬礼をしながら答えた。少尉は再び言った。

「渡辺、貴様は俺と同じ神雷部隊だな…俺達は明日鹿屋へ行く…俺の機に乗って来い。」そう言って歩いて行った。誠一は哀れなゴミとなったザボンを集めて思った。『父さん、ひろ子御免なさい。ザボンは送れなかった…俺は近い内出撃する…鹿屋から手紙を出すからね』

三月二十八日721空直属の708攻撃隊は鹿屋へ向かって離陸した。その途中、「鹿屋がやられている!」宮原少尉は僚機に無線交信しこの無理な状況から鹿屋着陸を諦める旨伝えた。

『大事なのは陸攻と桜花隊員なのだ。お互い死に行く面々だ…だがここでは死ねない…』少尉は胎(はら)を決めていた。


鹿屋基地の空襲を視認した708攻撃隊は急遽出水(いみず)基地に着陸する旨を鹿屋基地に打電した。翌二十九日鹿屋に向けて離陸すべしとの返電があった。米機の動向に注意せよとの、追電もあった。

昭和二十年一月からどういう訳か国内各航空隊基地への執拗なB29の空襲が始まった。上ノ池然り筑波、土浦、谷田部、百里、大村、大分、宇佐、そして鹿屋と。あたかも桜花の登場を妨害する様な爆撃だった。各基地の一式陸攻の損害が頻発した。(合計100機程とされる。)

〈桜花の被害も１００機近くに上る。昭和十九年末、呉に向けて回航中の空母〈信濃〉が本州南方で米潜水艦の魚雷攻撃で沈没。桜花５０機が失われた。その後フィリピンに再上陸を図る米軍の機動部隊を撃滅すべく、レイテ島に向けて神雷部隊を派遣する事が海軍の狙いであった、空母〈雲龍〉に桜花３０機を搭載し佐世保から出港させた。しかしこれも宮古島の北３００キロの海上でやはり米潜により沈没してしまった。この間、上ノ池の駐機場で一式陸攻に懸垂された桜花が空爆により１０機程度が被害に遭った。その直後、同じくレイテ島に向けて呉から出港した空母〈龍鳳〉は〈雲龍〉の沈没を戦訓にしてフィリピンでの戦闘を諦め目的地を台湾の高尾にして、翌年一月基隆に入港した。桜花５８機は温存された。しかし、以降三月始め迄作戦行動は無く専ら各航空隊での桜花部隊の育成、練成にあたった。《海軍神雷部隊》による。〉

ここで第一章に記述したゼロ戦による神風特別攻撃隊による爆戦隊が只々海軍航空隊の主流となった訳である。・・・**戦場は沖縄になっていた。**

出水の朝は晴れ渡っていた。この青い空は鹿屋の方まで広がっていた。

基地間電話は被害を受けて不通だった。無電で鹿屋の滑走路の状況を確認した７０８攻撃隊は正午を期して出水を離陸した。

白い雲がポツンと一個二個浮かぶ空。飛行時間はいくらも掛からなかった。

「縁日の綿菓子みたいだなぁ渡辺。」およそ飛行機乗りらしからぬ言葉だった。宮原少尉は郷里の熊本の山間で育った。子供の頃よく見た雲、綿菓子に例えた雲を、当時の少年の感覚を呼び起こして副操縦席の渡辺兵曹に言ったのだった。誠一もひと時戦時下のこの飛行を忘れて言った。

「本当ですね…食いたいです。」・・・他の隊員達もにこやかに笑っている。ほんの少しの平和な語らいだった。・・・短い飛行の合間のほんのひと時を、少尉は胸の奥深くにこの感慨をしまっておいた。

鹿屋はもう視界に入っていた。機を着陸態勢に保持し、まず一番機として低く滑走路に進入した。

『何とか鹿屋に着いた…後は出撃命令を待つだけだ…。』・・・宮原少尉は明るく言葉に出し搭乗員六名に言った。

「さあ、お膳立てが出来た。俺はお前たちを必ず沖縄に連れて行くぞ。皆（みんな）、頼むぞ！」そう言って機を後にした。すぐさま整備兵が駆け寄り操縦席に乗り込んだ。そして６機の一式陸攻を滑走路から脇に移し掩体壕に入れた。修理不能な陸攻４機に擬装防空網（ネット）をかぶせてある。敵側の滑走路への爆撃の矛先を少しでも躱（かわ）し回避する目的であった。


　宮原少尉は他の操縦士と共に作戦部に入った。

「…と言う訳で７０８飛行隊はあくまで一個編隊による黎明（れいめい）の隠密出撃とする。」皆吉基地参謀の発言を黙って聞いていた宮原少尉は『この前の戦訓を生かしているのだろう…だが無謀ともいえる難しさだ…第一、攻撃隊の俺達は夜間訓練が出来ていない…言うべきか言わざるべきか…』

　少尉は皆吉参謀の「何か質問は？」との言葉を捕まえた。すぐさま手を挙げた。

「皆吉参謀殿、沖縄まで360海里（650キロ）としてですが、我が方の陸攻は200ノット（360キロ）で飛行して二時間弱…敵の攻撃機は夜間電探（レーダー）を装備していると思われますし…視界の確保できる早朝出撃の方が利点があると思われるのですが…」とここまで話した時、即座に否定する声が上がった。

「宮原、為せば成る。黎明攻撃をやってみろ！敵は夜動かない…ここ（鹿屋）の地形を頭に叩き込め！三日やる。」声の主は基地の岡村指令であった。

　抗う事は出来なかった。隣から基地司令に賛同する声も上がった。

「何とかするのが俺達の使命だ。」「そうだ、俺達は出撃する為にここにいる。」宮原少尉に加担する意見は出なかった。・・・しかも戦闘隊（ゼロ戦の掩護兼攻撃隊）の出撃はこの作戦以降終戦までなかった。爆戦隊（前述）の同行はあったが。・・・あえて後世の私の意見は控える。・・・

　三日間の与えられた時間・・・。無は存在であり、一瞬は無限なり・・・禅問答の様な命題を宮原正少尉は考えていた。『俺はこの基地（鹿屋）周辺を知っている方だろう…だが他の僚機は？宇佐で集結し空襲を避けて一時大村に避難した後は訓練らしき訓練が出来ていない…さあ…』・・・『共に訓練を続けて来た俺達だ…あいつらの技量を信じよう…』・・・『後は運頼みか？』・・・『俺の命は祖国のためにある。死ぬことは怖くない…俺が死ぬことが祖国の為になる…だが戦場以外では死ねない…』・・・頭の中を先の禅問答の様な感覚が廻っていた。

一方、渡辺誠一は掩体壕のゼロ戦と桜花を横目に見ながら割り振られた野里の宿舎に向かった。と言っても兵舎としての構えは何処にもなかった。農家の空き家を接収、或いは農家に寄宿(間借り)したり、小学校の教室にごろ寝したりして仮宿とした。**死にゆくものへの配慮は無かった。**

ただ、周りに兵隊向けの一杯飲み屋(屋台)が四、五軒連なっている。いずれも夜になれば赤提灯を出して客を呼び込む現在で言う屋台村ともいうべき風景がそこにはあった。

しかし昼間はひっそりと店をたたんでいる。辛うじて艦載機の攻撃から免れている様だ。

余談だが高級将校は行きつけの派手でもなく名ばかりの〈料亭〉を利用していた。

誠一は程なく宿舎(小学校)の前に立った。有難い事に宿舎(小学校)の校門脇に郵便ポストがある。舎監(と言っても基地整備兵の一人)がすぐさま部屋を指示してくれた。指示された一年二組の室内は机が綺麗に黒板側に片付けてあり、板張りの床の上に毛布がきちんと折りたたんで置かれていた。雑魚寝定員七、八名というところか…。宇佐から一緒に陸攻に乗って来た隊員達とは別の部屋だった。士官クラスは農家に寄宿という事になっていた。

但し食事は野里小学校に設けられた兵員食堂だった。

誠一は部屋に入って先客?に挨拶を通してからすぐ与えられたスペースに陣取った。もともと持ち物は背嚢（リュック）一個。そこから葉書を取り出し実家への便りを認（したた）めた。

〈・・・お父上誠一は今、九州におります。数日後出撃作戦に参加します。思えば茨城県上ノ池基地での訓練時代もっとお手紙を差し上げるべきでした。

不義理な誠一をどうぞお許し下さい。

誠一は皇国日本を護るため身命を賭して出撃します。

ひろ子へ　いい兄ではなかったね。よく母さんの面倒を見てくれたね有難う。父さんを宜しく頼みます。何時でもお前を見守っているよ。

昭和二十年三月　　　　　海軍二等飛行兵曹　渡辺誠一拝〉

以前から軍部による検閲があって封書は一旦開封され〈問題なし〉のチェックの後投函された。葉書もチェックされた。基地や駐屯地にあてに送られた私信も同様であった。昭和二十年になり、まして特攻隊員に今更何を検閲する必要があるのか？

この鹿屋ではその検閲は軍事郵便（註3）を管轄する憲兵隊の専権事項であった。

隊員達は敢えて葉書を多用した。憲兵隊の検閲官も隊員達の心情を吐露した文面にチェックを入れなかった。作戦行動の機密性は部隊・艦隊としてまず優先される事であったのは事実である。国内のスパイに対する防止策はまだ十分機能していた。だが、暗号電文は米側にことごとく解読されていた。

（特に政府暗号と海軍暗号）

この機密が開戦当初から敵側に漏れていた事については後述する。

私信の検閲は有名無実であったと言える。

三月二十一日の桜花出撃が暗号電文の解読をした米側の待伏せ攻撃で惨憺たる結果だったのは前述した。その後の岡村指令の戦術遊び（敢えて私はこう言う。）から、黎明攻撃という不可解な作戦を受け容れた宮原少尉も熊本の実家に宛てて一枚の封書を認めていた。

〈・・・大きな事は申しません。正は近々出撃の栄誉を担います。只々お体の具合を心配致しております。母上、今迄正をお育て頂き誠に感謝の念に堪えません。女の身で私達兄弟三人を健やかにお育て頂き有難うございました。私が学校で喧嘩をした時も謝りに来てくれましたね。「父親がいないからといって馬鹿にされてはならない。」が口癖でしたね。二親揃った相手が「お前を揶揄った事は赦せない」と言って相手の子の母親に毅然とモノ申していましたね。

目を閉じれば故郷の山河がいつでも思い起こせます。母上の大きな情愛に抱かれた正は幸せ者です。最後に言わせて頂きます。「母さん有難う」・・・弟達を宜しくお願いします。

正俊、正明へ、兄の分まで母さん孝行をしてください。頼んだぞ。

昭和二十年三月　　　　　　　正　〉

野里の風景も故郷の佇まいによく似ていた。宮原少尉はイタドリを探して近くの里山を歩いていた。

ふと道端の灌木の茂みの中に数本生えているのを見つけて根元からポキンと折り取った。かなり太めのイタドリだった。根元から皮をむき水気の豊富な薄緑の幹？にかぶりついた。口の中に独特の酸味とほのかな甘みが広がった。ひと時、子供の頃を思い出しその味覚を確認するかのように齧り続けた。何処か埃っぽい味も口の中で広がっていた。

　この風景ともあと一日で見納めであった。

齧った後のイタドリをいばらの茂みにそっと投げて後始末してから再び歩き出した。

・・・イタドリを一緒に齧っていた子供の頃の友人たちの真っ黒な顔が浮かんでは消えていった。みんな笑っていた。歯の抜けた口を大きく拡げ歌っていた彼奴（あいつ）。また駆けっこで俺に勝てないと言って口惜しがっていた彼奴・・・不思議と思い出されてくるのだった。

・・・『今迄生きて来た…生かされてきたのかも知れない…この戦争が無かったら俺は教師になっていただろう…熊本師範を卒業したら何処かの学校で教鞭をとるつもりだった…別に後悔をしている訳ではない…ただ親不孝だとは思っている…母さんにお詫びの手紙を書いた…この命なんも惜しくはない…戦争だから俺達が敵に向かわなければ家族を護れない…』

　師範学校時代の恩師深沢太一先生の言葉も耳元ではっきりと蘇る。

「宮原、このご時世俺の様な教師は非国民かもしれない…お前が予科練飛行隊に志願したと聞いて焦った。俺はこの年でお国に何の貢献も出来ないが、お前、お袋さんを残して往って本当に良いのか？与謝野晶子の気持ちだ…お前死ぬな！死なないでくれ…やまない嵐はない…生きて帰ってくれ！」

・・・『だが俺は神雷部隊に志願した。』・・・

その時、米側のお決まりの艦載機による鹿屋基地の滑走路への爆撃が始まった。

少尉は踵(きびす)を返し野里小学校に向けて駆けだした。４機の艦載機が我が物顔で低空飛行をしている。

出水から虎の子の迎撃機＜紫電改＞３機が発進し鹿屋上空で空中戦となった。（鹿屋のゼロ戦は滑走路が使用できない為発進できなかった。尤もゼロ戦の機数が不足して神雷部隊の掩護機も出せない状態だった。）

爆弾を投下したヘルキャット隊は銃弾か燃料の残量を気にしたのか空戦を避け大きく上昇した。

追撃する紫電改の２０ミリ機関砲が炸裂した。１機のヘルキャットから黒煙が上がり操縦士の落下傘(らっかさん)（パラシュート）が開いた。３機の紫電改を操る若者達の技量を認めねばならない。次の得物を狙って執拗に追尾したが、敵は空戦を回避する方針に変わりはないようで残る３機は大きく離散し沖縄方面洋上へとフルスロットル（全速力）で向かった。

迎撃隊は深追いせず無傷で出水へ帰投した。・・・敵は今度出水を攻撃するだろう。

しかも３０機程の大編隊で・・・出水にその迎撃をする余力はないのは明らかだった。

話を戻す。

落下傘で脱出した米兵は風に流され出水の方へ落下していった。基地の守備隊が数台のトラックに乗込み米兵の捜索にあたった。操縦士は程なく発見された。耳の後ろから血を流し既に息絶えていた。・・・これで良かったのかも知れない。遺体（・・・）を収容し基地に戻った守備隊は死亡捕虜に対してしかるべき措置を淡々と進めて行った。

問題は落下した機体にあった。燃料タンクに被弾した敵機は火焔と共に錐揉みして野里小学校近くに落下したのだ。轟音が上がり小学校周辺の集落がたちまち火災を起こした。中でも郵便局は、ほぼ直撃状態だった。火柱を上げ轟音を上げ燃え盛った。直後から懸命の消火作業が続けられた。基地の消防隊も出動し火が消し止められた時は午後三時を過ぎていた。死亡者は全て民間人であった。情けないかな春休み中の野里小学校の生徒三人も犠牲者の中にいた。


神雷部隊の不幸はここから始まった。

宮原正と渡辺誠一の投函した手紙（無論その他も）が灰塵と化してしまったのだ。

運よく被害を免れた正であったが誠一の方は不運にも手紙を投函しに行った時に、墜落機の起こした爆発物の破片が腕を掠め負傷してしまった。

宮原少尉は冷静だった。・・・郵便物の被害については彼なりに推測していた。

『後々誰かが母に伝えてくれるだろう…攻撃隊同期の田口は俺の後の出撃の筈だが奴がしてくれるかな…奴が無理でも誰かが繋いでくれるだろう…』

四月一日は米軍が沖縄に向けて上陸作戦を開始し血みどろの地上戦が始まった日である。

第五航空艦隊司令部は三月三十日鹿屋指令に対して極秘指令を打電した。

〈…神雷部隊ヲ沖縄方面敵艦隊ノ撃滅ニ出撃コレアルベシ…〉

奇しくも708攻撃隊に三日間の休暇?を指示していた岡村指令は四月一日午前二時黎明攻撃をここに発令した。・・・負傷した渡辺二等兵曹は残念ながらこの出撃には参加できなかった。

三月三十日朝、米戦闘機の墜落で混乱した野里小学校の食堂ではやむなくカレーオンリーのメニューであった。

大きな鉄製の調理鍋からカレー独特の香りが食堂一杯に漂っている。

士官も下士官も兵隊も皆その香りの中にいた。

食欲があった宮原少尉は攻撃隊の僚機の操縦士と話していた。

・・・「…愈々明日出撃の指令が出た。…谷口、愈々だな…長いようで短い予科練だったな…今度会う時は靖國神社だぞ…」

「宮原少尉殿、予科練ではいつも感服していました。肝が据わった先輩だと…自分達は先輩の姿を追いかけるだけで精一杯でした。」谷口一飛曹は眩しい日差しの中で見る様な視線で少尉に言葉を返した。

他の僚機の兵員達もすでに気持ちが整理されているのだろう・・・明るい声が響く。

今日一日だけの鹿屋・・・若き命が燃やす出撃への思い・・・。誠一は臍をかんでいた。肩からつるした右腕はかなり痛む。『敵弾が当たればこんなもんじゃないだろう…桜花搭乗員は出撃の時は健全な身体と必殺の精神で乗り込む…チャンスがあれば俺達は敵艦を目指す…今、乗込めないのはやむを得ない…』・・・そんな思いでいる時、食堂で宮原少尉に声を掛けられた。

「渡辺、あとで来い。…敵さんはうじゃうじゃいるぞ、焦らずに来い、靖國で待っていてやる。」

「宮原少尉殿…明日はご一緒できませんが、必ず追っかけます。待っていて下さい。」

「傷は痛むか?災難と言えば災難だが…**お前は今生かされているんだ**…慌てる事はない。」

「はい。有難うございます…時機を待ちます。」この様なやり取りが二人の間で交わされたのだった。

　他の神雷部隊員も軽やかな声で「傷を早く治せ渡辺…その恰好じゃ操縦桿も嫌がるさ。ハッハッハ」同期の峯苫（みねとま）が大きな声で傷のない左肩をバシッと叩いた。「イテェぞこの野郎。」そんなに痛くも無いのだが誠一は笑顔で返した。「麓（ふもと）さんが校庭でキャッチボールするぞと言って聞かないんだ他の奴も誘っていく…いつもならお前の出番だったのにな…」・・・思えば中学校（旧制）時代東京六大学野球を見に神宮球場へよく行った。子供の頃、仕事そっちのけの親父に連れられ早慶戦での〈水原りんご事件〉（註4）に遭遇した事もある。試合が終わった後の乱闘事件も目撃した。

　誠一の中学時代は4番でエースだった。そんな彼を麓は何処からか仕入れた情報なのか分からないがキャッチボールに誘った。麓自身は野球を正式にやった経験はないのだが・・・

　麓は大きな声を掛けて一球々々投げている。キャッチボールの相手は使い古されたグローブで受け止めている。麓が友人の形見として受け取ったグローブだった。

麓　岩男。珍しい苗字のこの男、爆戦隊所属の友人が託していったグローブを大事にしていた。友人は広島出身の岩男の高等小学校の同期だった。

この友人は実に多彩な球種を投げた。

麓を座らせて投げ込んだ球はビシッと小気味いい音でグローブに収まった。

「痛エッ…もっと優しく投げろ！」岩男は叫ぶように言った。相手は笑いながら返した。

「これでも半分くらいの力だ…麓、構えてみろそこへ投げてやるから動かすなよ…」そう言って振りかぶって投げた球は大きく斜めに曲がりながら岩男のグローブに収まった。

「こらッ、なんちゅう球を投げるんだ。慌てたぞッ俺の顔面を狙って来たのかと思ったぞ！」

その球種はドロップ、今で言うカーブだった。・・・相手の友人石丸進一（註5）は平然と素手で岩雄の返球を受けていた・・・大村基地時代の事だった。

大村で彼を見送った岩男は彼の形見と一緒に上ノ池に来て誠一と同期になった。

以来麓のグローブは彼の存在の代名詞となっていた。訓練の合間に誠一と岩雄はよくキャッチボールをした。そんな二人は桜花訓練の終了考査に共に合格し、宇佐へ向かう一式陸攻の中にいた。

「渡辺、俺とお前が一緒に出撃したらこのグローブは誰に渡したらいいと思う？」麓は同乗の他の隊員に聞こえる事もいとわぬ態で話し掛けた。

「麓、深刻に考えるなよ…誰か彼か継いでくれるさ…」誠一は笑いながら返した。

そんなやり取りの後銃座をはずした陸攻の座り心地の悪い椅子に腰かけながら他愛もない話をして

きた。
・・・今ひとたびの儀礼としてグローブは誠一に託された。

三月三十一日、宮原 正の朝はいつもの通り始まった。

出水への敵側攻撃は案の定始まっていた。グラマンの大編隊が随行するB29五機が鹿屋と出水に爆撃を開始した。その足で大分、宇佐、帰路に知覧と通常爆弾を投下して帰って行った。味方の迎撃機は鳴りを潜めている。・・・今は何としても戦闘機、攻撃機の損耗を回避する必要があったからだ。
・・・「美しいこの国土が蹂躙されている…悔しい限りだ…だが今日でこの国の山河も見納めだ…」
宮原少尉の胸中で諦めに似た思いと、俺達が何とかしなければという使命感が交錯していた。


いつもの事とはいえ嵐の様な敵の爆撃を見届けた。基地の皆吉参謀は神雷部隊の出撃に向けて基地の工兵隊に指示を出した。・・・夜間出撃の為の滑走路のランタン設置についてであった。

1200メートルの滑走路の両側に必要な数量は結構な数であった。以前離陸速度以下の陸攻で1000メートル付近までテストした事があった。漆黒の闇の中で唯一の目印である誘導灯(ランタン)は操縦士の灯台ともいうべき大事な目標であったが、必要数量は50メートルおきに設置すると最低50個ほどが必要だった。

皆吉参謀は離陸距離近くの１０００メートル付近にランタンを集中させ手前の滑走開始付近は灯油をしみこませた薪を燃やして補う事とした。

四月一日午前零時。攻撃隊６機の一式陸攻が1回限りのいわばリハーサルを開始した。

濃霧が近くの山影に拡がっていた・・・

一番機の宮原少尉機は桜花を懸架し搭乗員６名、桜花の麓二等兵曹と共にリハーサルに赴いた。

『…やはりな…ランタンが点のようにしか見えない…８００メートル付近まで通常速度で引っ張ってみよう…。』ゆっくりと陸攻が滑り出した・・・親任せの麓は渡辺誠一に託したグローブの行末が唯一気掛かりだった。岩男という名前の通り堅固な意思を持った彼は外がほとんど見えない一式陸攻の弾倉のハッチ上から左右を見渡した。『…何も見えないぞ…少尉頼んます…』

搭乗員全員の命を預かる宮原少尉は慎重にスロットルを引いた。暗闇の中陸攻は速度を上げそして滑走路末端を視認した宮原少尉は急激にスロットルを戻した。その反動は桜花の麓を直撃した。

『おいおい宮原少尉殿どうされました？…』

『１００メーターおきに目印が必要だ…これは申し入れしよう…』正は機を戻しながらそう思った。

後続の僚機五機は宮原少尉機の様な速度を出す事も無く滑走路の終点近くまで滑走して引き返して来た。

午前二時二十分。出撃予定の六機全機がエンジン音を響かせ改めて滑走路に集結した。

一旦エンジンを停止した後、全員が滑走路脇に集合し鹿屋最後の打合せ（ブリーフィング）を行った。宮原少尉が報告した100メートルおきの目印は薪を並列して燃やす事で対処されていた。赤々と燃える一斗缶の薪を囲み基地司令岡村大佐が訓示をした。

「・・・諸君、この黎明攻撃の具体的な航法を再度申し渡す。ここ（鹿屋）を出て志布志湾に入ると高度を落とし月明（げつめい）を頼りに海面100メートルを保持し沖縄へ直行進路を取れ。知っての通り操縦席の機器は懐中電灯で照らす様にしてある。皇国の命運を託す諸君達の任務に敬意を表する。以上！」

敬礼を全員が返しそれぞれの搭乗機に向かった。

『…先刻（さっき）の酒は本当に最後の酒になるだろう…湯呑をしっかり空にした…母さん、本土を離れます…どうかご無事で…正の最後のお願いです。生きていて下さい…弟達を宜しくお願いします…。』
・・・宮原　正の心中はこの言葉で埋め尽くされた。
・・・桜花の麓は少し前まではグローブが気掛かりだったのだが、今迄封印して来た感情に身を任せていた。
『…父さん、母さん…岩男は親不孝だ…許してください…これは俺等がやらなきゃならないんだ…勘弁です。最後の時が来ます…こんな自分を可愛がってくれた姉さん達、有難うございました。…あの世で待っています…。おさらばです…。』・・・殊勝な感慨を覚えた麓　岩男だった。
・・・先述の正の後輩谷口一飛曹、谷口三男はこの様な手紙を書いていた。
『…あっという間だった…お父さん、お母さん、弟達よ、これが最後の出撃になります…今迄三男を可愛がって育てて下さって有難うございました。…愈々三男の最後の戦いが始まります…必勝を期して発ちます…三男の決めた事を決して咎めないで下さい…』・・・改めて手紙の内容を思い出していた。

谷口機は二番機であった。一番機の宮原少尉から離陸後直ちに急上昇しろとの訓示も受けていた。

これは後続操縦士共通の認識の筈だった・・・。


掩護機の随伴は無かった事は前述した。また、爆戦隊の随行も無かった。暗闇の中を708攻撃隊は自分達の行動能力、戦闘能力の全てで敵艦隊に挑むのだ。

繰り返す。**黎明攻撃は708攻撃隊が最初で最後の戦いだったのだ。**


四月一日午前二時半。一番機宮原少尉機と桜花は一式陸攻の爆音と共に滑走路を滑り出した。

浮揚した機をスロットル全開で急激に揚げた宮原機。

二番機谷口一飛曹機が後に続いた。三番機、四番機と続き最後の六番機が離陸を完了した。
・・・異変は三番機から始まった。右旋回して直後、高度を誤認したのか考えられない様な事故を起こした。志布志湾に出るまでも無く鹿屋基地近くの山腹に激突してしまったのだ。濃霧の影響だったか？
・・・後続の四番機、五番機は志布志湾での海面飛行に失敗し着水した。六番機は離陸直後にエンジントラブルが発生し、旋回して何とか鹿屋に帰投した。

黎明攻撃はわずか二機で敢行された。

公式記録（五航艦）に桜花発進の記録はないとされている。

だが、私は間違いなく陸攻とも敵艦隊に突入した事をこれから記す。


方位計を見て、速度計を見て宮原少尉は月明かりに感謝していた。・・・『お月さん有難う…何とか沖縄まで行けそうだ…』後続の谷口機も一番機の銀翼を視認できていた。計器のチェックも怠らなかった。

もとより後続機の異変は知る由もなかった。宮原少尉は機内の搭乗員に呼び掛けた。

「あと、三十分程度で沖縄本島に接近する。戦闘準備にかかれ。」麓はハッチを持ち上げ桜花に乗り移った。


午前四時二十分。海面は白々と波頭を輝かせ始めた。

直後、上空に視認したのは陸軍の一式戦闘機１０機編隊だった。海軍で言う爆戦隊だった。

一式戦闘機〈隼〉は２５０キロ爆弾を胴体下に吊下げて作戦行動下にあった。


前述の海軍の暗号電文が米側に解読されていた事がネックになっていた。

〈１ＫＦＧＢ天電令作第８号（機密０１０１７番電）

「721部隊　在鹿屋桜花隊は　黎明　沖縄周辺の敵艦隊群を攻撃すべし」〉
・・・沖縄への飛行ルートを想定した米海軍航空軍は三月二十一日の迎撃に味をしめたのか今回も艦載機五十機編隊が空母から発進した。
その日、熊本県健軍、沖縄県石垣島、台湾の宜蘭（ぎらん）からも部隊名は違えど約20機が出撃している。

（陸軍の特攻出撃の歴史については後述する。）

同時刻午前四時二十分。〈隼〉10機を率いる隊長機が海面上100mで飛行中の二機の一式陸攻を視認した。

たまたま〈隼〉機も海面上200mの高度で飛行をしていた。（以降〈隼〉の〈　〉を外す。）

知覧から出撃した特攻第○十三振武隊であった。隊長機は西原健司中尉。隼に比べて足の遅い一式陸攻を追い越す様な速度だったのだが掩護機も無い一式陸攻の動きに瞬時にピンと来たものがあった。

　この後の西原中尉の判断は陸海両軍間の画期的な合同攻撃だったと言える。

『これが桜花を積んだ陸攻か?ウチの重爆（註6）によく似ているな…それにしても二機で討入りとは度胸があるな…』隊長機は陸攻に向けて降下し並走した。先頭の一式陸攻に手信号で、

（・・・ワレと共に・・・攻撃合流サレタシ・・・）と送った。

（ワレ・・・合流スル・・・）宮原少尉が応じた。・・・

隼部隊と陸攻は全機がさらに高度を下げ海面すれすれを航行した。

懸念の敵部隊は高度２０００メートルで遊弋（ゆうよく）していた。彼らは日本軍の攻撃隊が自軍の艦隊めがけて突入するとばかり思っていた。空母艦長も発信前のブリーフィングで、

「…敵機を空母に近づけるな。艦隊は東シナ海方面へ回避行動をとる。帰還機は管制塔とこまめな交信で帰還しろ。…以上！」と訓示があったばかりだった。この空母は〈ハンコック〉。


５０機のヘルキャット部隊が隼と重爆？をレーダーでの確認をした午前四時三十分編隊を率いるヘンダーソン少佐は「降下し、カミカゼをやっつけろ！」こう叫んだ。

米軍のゼロ戦・隼への空中戦対策はひとまず高度的有利を確保し一撃離脱戦法であった。

無用な空中戦を放棄し上空背後からの銃撃に徹底した。

ややUターンを掛け乍ら五十機は視認できるまで降下を続けた。

一方の西原隊長機は敵の戦法を理解していた。最近装備された無線で、

「来るぞ！奴等が狙うのは俺達の背後だ！油断するな！」・・・叫ぶかのように伝令した。

西原隊長以下九機の隼は一糸乱れず高度を５０ｍに移した。ほぼ限界高度と言えた。そして一式陸攻を囲むかのように編隊を組んだ。

物量差一対五・・・。

午前四時五十分。前方に我が軍の輸送船団が見えた。沖縄の陸軍への補給物資輸送を担った船団で

あった。西原隊長機、宮原少尉機も視認した。護衛の駆逐艦と思しき二隻の船影も。

(但し当時の海軍の船団護衛には一隻の潜水艦が随行していた。)

そのまた遥か前方に敵駆逐艦、軽巡用艦、魚雷艇併せて十隻で構成された艦隊が我が方輸送船団に向けて攻撃を開始している状況も瞬時に理解した。


敵機が急降下して銃撃を加えて来た。流石に海面上高度50mまでの降下は無理であったらしく500mあたりから上昇へと切り替わった。

現在の戦闘機が当然のごとく装備している標的ロックオンシステムのない時代の事である。ヘルキャットは降下しながらの銃撃で隼を捉える事に苦心していた。敵の指揮官は十機ずつの波状攻撃を指示した。

隼は散開しあくまで海面高度50mを保持しながら前方の敵攻撃艦隊を目指した。

250キロ爆弾を投下しない限り空戦はもとより一式陸攻の掩護も無理だった。


西原中尉は無線で「被弾した機は?」すぐさま応答があった。

「生島です…主翼燃料タンクをやられました!」

「藤原です…ラダー(方向舵)やられました…」

「滝田です…こっちもタンクをやられました…」

「平井です…タンク炎上しています…」

「平井！もう少しだ…前へ出ろ！」西原中尉は三番機の平井二等兵曹に指示した。

直後、何回目かの急降下攻撃が襲って来た。散開していたもののこれまで被弾していなかった事が奇跡的な事だった。前方敵艦隊を眼下に捉えた西原隊長機は知覚に向けて打電した。

「ワレ　コウセンチュウ　テキカンニトツニュウス」

残念な事に平井機はあと少しのところで空中爆発を起こした。二番機生島機が炎上しながら敵駆逐艦の艦橋を見事に捉え爆弾が炸裂、機体と共に散った。西原中尉は

「藤原…スロットルとバンクで機の方向を調整しろ！後に続け！」

「山崎です…やられました…」五番機からの無線が西原中尉機に届いた。

「山崎…ここまでよくやった…行けるとこまでついて来い！」

無傷な筈がある訳ない状況は隊長機にも言えた。

西原機は右主翼の燃料タンクに被弾していた。黒煙が翼から糸を引くように靡いている。

躊躇わず西原隊長は爆弾を投下（放出）するや否や急上昇した。無線で後続機に指令した。

「お前たちはその高度を保持し敵艦を屠れ…俺は空戦する。」

何度目かの敵の攻撃を受けた・・・宮原少尉機も被弾した。

親鳥の腹部に守られた雛鳥ともいえる桜花は被弾を免れた。副操縦士は撃たれたのか反応がない。

打電すべき左腕に敵の機銃弾が掠めた。・・・利き腕の右腕で宮原少尉は懸命に機を保持した。

なんと！前方に敵潜水艦が浮上して来た。我が方の潜水艦からの攻撃に何処か被弾したのか、或いは駆逐艦からの対潜攻撃で被弾したのかは不明であるが、艦橋がはっきり確認できた。

「麓、前方に潜水艦がいる、離脱し攻撃しろ！」

麓岩男はすぐさま離脱し、点火し桜花を発進させた。瞬時に敵潜水艦を視認した。

何も考えなかったし、思い浮かばなかった。ひたすら目の前の得物を狙う猟師そのものだった。

『…いる！…行くぞ！』・・・瞬間、麓岩男の視界から光が消えた。・・・敵潜水艦は瞬く間に波間に飲まれた。

空戦を選択した西原機は上昇しながら敵機の後を追った。波状攻撃を掛けて来た敵機の最後尾に付き照準を合わせた。・・・悠長に上昇していたそのヘルキャットは下から狙われている事に意識が及ばなかった。・・・西原機の20ミリ機銃が炸裂した。ダダダダッ・・・一機撃墜。

同じく次の標的に向けて西原機はさらに上昇した。

ゼロ戦と共にこの時期、敵戦闘機に劣るスペックの隼であったが、しかも被弾して煙を引いている西原機であったが只々一**機でも墜とす**思いで頭の中が一杯であった。

宮原少尉と谷口一飛曹機の一式陸攻。前方の敵巡洋艦からの対空機関砲の洗礼を受けていた。しかし仰角を海面上に設定した対空機関砲でも、ほぼ海面すれすれに攻撃に向かう隼には徒（いたずら）に銃弾を浪費するだけであった。

宮原少尉機は搭乗員に指令した。

「ここまで来た…機銃のありったけを撃て…50（500キロ爆弾）の信管を外せ！前方敵艦に突入する！」

谷口機も後に続いた。

隼の振武隊も思いは一緒であった。

一艦撃滅の精神で水平飛行を維持していた。

同士撃ちを警戒した敵航空機は隼への攻撃を回避し我が輸送船団への攻撃に終始した。

猛烈な攻撃が我が輸送船団に集中した。

味方の駆逐艦が敵機に砲火を浴びせても浴びせても執拗に襲い掛かる敵機の機銃掃射に銃座の戦闘員が血まみれとなって戦死した。

味方輸送船団は既に敵魚雷艇の餌食となっていた。乗組員はそれぞれの艦船から放出されたボートに乗り移り海上に漂っている。

前方の敵巡洋艦に対して谷口機は桜花に攻撃を命じた。

「行け！やっつけろ！」桜花の笘篠は麓と同様これまた躊躇せず発進した。

マッハ０．７の桜花は確実に敵の腹部を狙った。

笘篠も何も考えなかった。『**この野郎！喰らえ！**』兵士の叫びだった。


宮原少尉の意識は朦朧としていた。だが**やらねばならない事は体が覚えていた**。『彼奴だ…いた！』

「行くぞ！弾を撃ち尽くせ！突入する！」・・・ほんの一、二秒の事だった。・・・宮原少尉とその機は
確実に敵駆逐艦に体当たりした。

桜花を発進させた谷口機も同じく敵巡洋艦の艦橋に見事突入した。

鹿屋から出撃した二機の一式陸攻はここに目的を完遂した。

第五艦の記録に残らなかった物語を私は万感の思いを込めて記述した。

振武隊の隼二機が同時に敵巡洋艦の船首船尾にこれまた命中した。
振武隊残りの機は先の生島機の特攻と一式陸攻が捉えた駆逐艦に向かった。超低空攻撃は思いのほ
か効果が有った様である。
敵駆逐艦はほぼ９０度傾き沈没した。敵巡洋艦は辛うじて沈没を免れていた。

西原機のその後に戻る。次の獲物を狙って上昇中であったが、まだ戦闘能力を保持していた敵巡洋艦の対空機関砲に被弾し黒煙が火煙になった。

西原中尉の腹部を銃弾が貫通した。・・・『**後一機…**』霞む視界・・・直後空中爆発を起こした。

西原健司は沖縄の海に散華した。


被害はそれ相応にあったが陸海合同の特攻ミッションはここに輝かしい戦果を挙げた。

西原中尉の閃きとも思える一式陸攻の宮原機へのコンタクトがもたらした戦果であった。


波間に漂うボートの味方の乗組員達は一昼夜漂流したがやがてやって来た救助艦（軽巡洋艦〈多摩〉）に残存兵員三十名と民間船員四十名が乗り移った。

敵艦隊の救助艦も出動した。戦闘のない奇妙な両軍の邂逅であった。


知覧・・・戦後生まれの私が語る事はある意味許されるのか？・・・今、令和四年秋。

戦後七十七年・・・戦後教育の中で私はこう習った。

〈国破れて山河あり…〉杜甫の一節である。国破れてとは、国の行政、統治機構の崩壊を意味すると当時の高校教師は語った。

『破れるとは、敗れたからではないのか?』この思いをずっと抱いて来た・・・。

〈優勝劣敗〉・・・とは言え日本国の歴史の中には負けた者が持つ美学が存在した。

平家物語然り、楠公父子の戦死、大阪城攻防の秀頼と真田幸村・・・

我が国の国土の78%は山岳地帯である。残りの22%の平地で縄文、弥生以来今日まで人としての営みを営々繰り返して来た。建国神話以来国家としての日本国は存在して来た。

面積の比較では日本国より小さい大英帝国の方がはるかに平地の割合が多い。

現代・・・大英帝国を始めとして立憲君主制を建前とする国家は少数ではあるが存在する。

だがしかし、我が国の歴史は他のどの国とも違う天皇のもと二千年以上の歴史を持つ。**事実である。**

今まで述べて来た大東亜戦争を戦った人々の遺書に不思議なくらい〈天皇陛下万歳〉の言葉は登場しない。・・・表向き?この様な檄に似た言葉を記述した将官の残した資料も多々拝見した。
数々の資料をめくりながら思いを廻らした・・・。そして導いた結論は、
敢えて言わずもがなだと・・・これは当時戦闘に赴いた人の根底にあるいわばベース(基盤)であったのだと・・・
多くの若者達が知覧を始め各基地から出撃した。
海軍の鹿屋他の基地然り。彼等六千余名の一人一人が愛する人への想いを筆、鉛筆、万年筆で残し

た。メモの様な走り書きもある。


回天の事は別の章で書こうと思っている。

この章ではあと一つ五月二十四日に出撃した特攻隊の事を記述したい。

義烈空挺隊（註7）

この部隊の歴史を語るには遠く日露戦争まで遡る。

２０３高地奪取に乃木将軍は心を悩ませていた。

白襷隊は全滅。海軍の旅順港封鎖の沈船作戦も思う様な戦果を出せなかった。

その様な戦況が膠着しかけた時期・・・乃木将軍の心中の葛藤を述べる事は私の筆力では及ばず記述は控える。

一方海軍の東郷平八郎を推挙した時の海軍大臣山本権兵衛は明治天皇に「東郷は運のいい男であります。」と具申し連合艦隊司令長官に抜擢した。司馬遼太郎の《坂の上の雲》の中で語られるシーンである。

対ロシアの戦争に向けた両英雄の絆は固く、戦果を出せないこの時期にも、『乃木は必ずやってくれる』と信じて疑わなかった。・・・乃木希典将軍は敵の背後からの攻撃を仕掛け兵站補給を途絶させ前線正面からの攻撃と併せた攻撃で２０３高地を落とした・・・長い消耗戦であった。

この時、正面からの突入を志願した部隊があった。千葉習志野連隊・・・猛者の集まりであった。塹壕から抜け出し駆け上がる・・・倒れる・・・味方の倒れた兵隊を乗り越え後が進む。繰り返された戦闘から遂に敵トーチカのすべてを破壊奪取した。この奪取した陣地から引籠っていたロシア旅順艦隊への砲撃が可能になり、対馬沖海戦（日本海海戦）の大勝利につながる訳である。


日露戦争の後、第一次大戦から登場した飛行機による戦闘以降、飛躍的に向上した航空機の戦略的重要性が見直され、各国において戦闘機、爆撃機がしのぎを削って生産されることになった。

帝国陸軍の落下傘部隊はその様な航空戦略の変遷と共に誕生した。

大東亜戦争開戦直後のインドネシアスマトラ半島攻略の落下傘部隊は他国に類を見ない練度でオランダ軍、英国軍を圧倒した。

そのパレンバン降下作戦は世界史に類を見ない戦果を挙げた事として知られている。

脇にそれるが物量頼みの連合国がノルマンディーにおいて決行したDデイ（映画では邦題〈史上最大の作戦〉〈The longest days〉として全世界に配給された。）作戦は我が帝国陸軍のパレンバン降下作戦がヒントになっている事は否めない。

この戦略をもってしても物量対作戦の相違は明らかであろう。圧倒的物量は時にして慢心を呼ぶ。

我国の過去の歴史の中に二度の蒙古襲来がある。それこそ圧倒的物量の元・高句麗の連合軍に対し直接それを迎え撃つ対馬の領主宗家（そうけ）。
時の鎌倉幕府は〈守らなければならない領地・国土の為〉に遥か関東（関八州）から九州に向かった。
1200キロを騎馬で向かったのである。

元はこの日本国攻略にあたって高句麗に対し軍船の手配製作を命令し夥しい数量の軍船が作られた。

後の歴史書にある通り台風の時期であった。大挙襲来した元・高句麗軍は当初横暴の数々を対馬で行った。住民の虐殺、凌辱が当たり前の敵軍に対し寡勢の宗資国（そうすけくに）は怯むことなく立向かい壮烈な討死となった。（わずか八十騎で立ち向かったとされる。）

後世の歴史書が示す通り文永、弘安の役で我国は元の侵略を二度にわたって跳ね返した。
鎌倉幕府の頭領北条時宗は若干十八歳であった。後の恩顧褒章に於いて鎌倉幕府の衰亡に関わる事になるのであるがこれも歴史書の示すとおりである。
私が敢えてこの史実を持ち出したのは他でも無い〈守らなければならない領地・国土の為〉に命を懸けて戦った武士（もののふ）の潔い自己犠牲の精神である。

欧米人には馴染みの個人主義・民主主義は自らの住む国家に対しての忠誠とどう整合しているのだろうか？・・・田中英道氏の《ユダヤ人埴輪があった》（育鵬社刊）と《日本人が知らない日本の道徳》

（ビジネス社刊）を読んでの感想は私のこの疑問に明快に答えてくれた。日本人はどの民族・種族とも違う国家観・人生観・生活観を持っているのだと。また氏はいろんな分野に造詣が深く古事記・日本書紀に関する文献を読ませて頂いて、この日本民族の特異性（島国である。三百年にわたり鎖国をしてきた。）、親和性（他を思いやる心。）、同調性（争いを好まない）等々、他民族が己の生存の為他国を侵略（攻撃して略奪する。）、搾取（植民地化する。）、壊滅（虐殺して領土を奪う）、とかが一般的であるのに対して、人格に例えると暴力的ではない特性を持った民族ではないだろうか？…と。

一方、日本国憲法の九条を護持する団体はこの《記紀》について私がこれまで述べた理解に対して違う見解を持っている様である。

天皇のもつ権力を絶対視して、民主平等主義に反するというのである。

そこには日本国民という自覚が見受けられない。日本民族という視点がない彼らは国家観もまた持ち合わせていない。

武力を持たない国家など存続できないのが世界史の通念（当たり前）であるのに大東亜戦争後の占領地政策で、日本国民は**他国から侵略された時はみずから闘って平和を勝ち取る**（**これが戦争である。**）という視点を奪われてしまった。それに便乗したかのような九条護持団体。

今の憲法の条文を日本語で解釈すれば自衛隊は憲法第九条第二項に記載した〈戦力を保持しない〉という条文に矛盾する。自衛隊違憲を肯定する憲法学者が大半の現状である。

私も七十年安保改正のうねりが世相を席巻した昭和四十四年（１９６９年）当時、この流れを否定する明確な視点を持っていなかった。

今振り返ると**ソ連の世論誘導工作がすこぶる活発に発揮されていた時代**であったと肯定できる。

米ソ対立の最中の時代であった。

当時のマスコミはその工作の協力者として政府批判を繰り返した。（第一章を参照願いたい。洗脳された工作員は日本国の中枢組織に就職した。）

自衛力は必要最小限度の戦力である。世界中どこを探してもこれを否定する文言はない。

また、憲法は国民の合意のもと作られるものでなければならない。

政治的に国民の審判を経て憲法は作られるべきものなのだ。ＧＨＱが一週間で作った、自分の国（米国）の都合のいい部分を適当にちりばめ時の芦田内閣に押し付けた。

日本語での訳文に置き換えた時天皇を象徴とするＧＨＱ案に内閣は困惑と共に**日本国そのものが天皇のもと成り立っている事**を踏まえ異議を申し立てたが簡単に却下された。

〈日本をアメリカの占領下で自由民主の国にする。象徴天皇以外天皇制を維持する方策はない〉高圧的な言い分に抗（あらが）う術（すべ）はなかった。

前置きが長くなってしまった事は私にとって不本意ではあったけれども、知覧と鹿屋を歩いて廻った今夏、変わらぬ日本の国土に、風景に、先人達の己を捨てた境地の愛国心に心から感謝の念が湧き上がってきたのを思い出す・・・。

昭和二十年五月十日陸軍健軍飛行場（熊本）に九七式重爆が集結した。その機数１２機。

時は既に米軍は沖縄に上陸し陸軍の中飛行場（現在の嘉手納基地）北飛行場（読谷(よみたん)飛行場）から執拗に日本国本土、日本国艦船への攻撃に暇(いとま)がなかった。グアム・サイパンには本格的な飛行場が作られ帝国陸海軍は国土防衛の戦力も先細りになり防衛線をひたすら本国周辺に限定せざるところまで追い込まれていた。

また、圧倒的攻撃力を保持した米軍は**悪魔の種(たね)**ともいうべき原子爆弾を手に入れていた。

広島・長崎の被(こうむ)った昭和二十年八月六日・九日は世界史の中でも最も悲しむべき惨禍である事は疑いの無い事実であって歴史である。私はこの歴史に決して背を向ける訳ではない。私の能力の至らなさで小説として書けないのである。

悪魔の種を手に入れたらその花実を手に入れろと耳元で囁く声がする。ルーズベルトの後を引継いだトルーマンはこの欲求に抗う事が出来なかった。

・・・私は臆病なのかもしれない・・・きっとそうだ・・・原爆の惨禍は書けないのである。

本土防衛線を当初南方諸島に於いていた日本陸海軍であったが、グアム・サイパンへの米基地攻撃を海軍の神雷部隊が断念した時と同じく陸軍においても南方基地への特別攻撃隊の出動計画が断念された。島嶼の守備隊、硫黄島を始め各地での**玉砕は史実の通りである**。もはや沖縄を如何に守備するかという事に陸海軍は心血を注いでいた。あの〈**大和**〉も既に失っていた。

12機の重爆は各地から集められた。重爆による最後の特攻作戦が立案されたからである。元々大陸での爆撃作戦に従事していた重爆であったが海軍の一式陸攻同様米軍相手の爆撃機としては荷が重かった様である。乗員七・八名のこの機体は南方から集められた勇猛果敢な兵員と共に集結した。

ここで少し話が脇道にそれる。
知覧特攻平和会館に四式戦闘機〈疾風〉が展示されている。一式戦闘機隼、二式戦闘機鍾馗（単座）・屠龍（複座）、三式戦闘機飛燕、帝国陸軍最後の戦闘機五式戦闘機（コードネーム無）と疾風は実質帝国陸軍最後の実用戦闘機であったに違いない。だが、戦線への提供が滞った。米軍の執拗な中島飛行機爆撃の目標として痛めつけられたからである。また川崎の五式戦も同様であった。これら戦闘機は沖縄への特攻作戦に駆り出された。海軍における事情は先章に述べたとおりである。

何故、沖縄がほぼ米軍の手に落ちた昭和二十年五月初旬。支那大陸でしか活路が無い様な九十七式重爆が、速度、攻撃（爆撃）装備も心もとないこの機が集められたのか？

・・・陸軍としても追い詰められていたからである。

沖縄本島那覇の、陸、海軍司令部においては

〈事ここに極めり〉の感を持たざるを得ない状況下にあった。

日本軍に撤退はない。最後まで戦い死をもって終わる。（生きて虜囚の辱めを受けるよりも死を選ぶ。…戦陣訓）この様な思想がまだまだ兵士全員に漲っていた時期、彼等は死ぬ事しか選択肢を持ち得なかった。・・・戦後の歴史の評価は分かれる。・・・

軍部の上層部が只々己の保身延命のためニューギニアで七千人もの兵士を残して逃亡した第六飛行士団長稲田正純少将、四航軍司令官富永恭次中将は若者達を特攻に投入する壮行演説で「この富永も最後の一機で行く決心である。」と刀を振り上げた。が延命した。・・・

（《今日われ生きてあり》新潮文庫　高坂次郎著より）

第五航軍についてはこの章の始め、宮原少尉の件で述べた。

ただ**この戦争で散って行った陸海軍特攻兵を侮る事だけは許されない事である。**

如何にも〈特攻作戦が無駄死にであった。〉と戦後GHQは日本国民を誘導した。また、コミンテルンの代弁者たる朝日新聞は手のひら返しの論調を繰り広げた。大東亜戦争の総括は軍部の無謀な戦線拡大の結果としか報じなかった。毎日新聞も同様であった。

九十七式重爆、義烈空挺隊の話が、かくも長く前説を要した事は聊か後悔の念と共にある。
熊本県健軍基地・・・
整備兵の中の一人、川島栄一（整備兵曹）は重爆のエンジンのガスケットの調達簿を眺めていた。
・・・無いのである。この基地の何処にも補充された記録が無いのである。
尤も、昭和十一年制式採用された機体であった。

戦況好ましからぬこの時期以前から本土決戦に備えた戦闘機優先の生産が必須事項であった。どの航空機製造会社も米軍の空爆に耐えながら作り出していた。

女子挺身隊まで動員し厳しい局面に対峙していた。健軍には三菱の工場があった。その為か米軍の空襲の標的になっていたのだが、その工場から既に重爆の部品供給は途絶していた。

義烈空挺隊を空輸する第三独立飛行隊機として健軍基地に集められた機体群を前に川島は悩んでいた。
・・・『どうすればいいのだろう…』川島兵曹は他の隊員達に気付かれない様に溜息をついた。

一番要のエンジンを整備していく中で明らかにガスケット交換が必要な機体が半数近くあった。沖縄までの３６０海里（６５０キロメートル）を飛行できる機体は？・・・彼は焦った。

部品取りできるエンジンは近くになかった。・・・『仕方ない…邪道かもしれないが接着剤（貝殻と石綿と膠をセメントに混ぜ合わせ煉合わせたもの）を包帯に塗布して巻くしかない…』気持ちは沈んでいたが配下の整備兵共々接着剤造りに勤しんだ。・・・十二機の重爆は曲がりなりにも飛行能力を確保した。その上で整備記録に〈接着剤塗布〉と記載した。

遡る事五か月、昭和二十年一月。

陸軍最強部隊として史実に残る義烈空挺隊。

この部隊を率いる奥山道郎大尉は自戒の念に囚われていた。・・・

『…俺達はとっくに命を捨てている…なのに死に場所が無い…グアム・サイパン、硫黄島のＢ２９爆破の作戦も中止されてしまった…俺も隊員１２０名達も徒に飯を食っている…何故俺達を往かせてくれないんだ…靖國で待っている英霊達に申し開きが出来ない…嗚呼…』・・・

豪胆な性格だと知られている大尉であったが独りになった時、呻吟様な言葉を心中に発していた。

大本営直属の部隊として奥山達は来るべき本土決戦のジョーカーとして温存されて来たのだが、大本営としてもその処遇に明確な指針を出せずここに至っていた。

陸海軍は持てる戦力を沖縄に向けて傾注していたが中でも海軍は、究極の特攻兵器回天を保持するイ号潜水艦に載せ沖縄周辺の海域で敵機動部隊を虎視眈々と狙っていた。

また、オーストラリアのダーウインで無念にも自沈した特殊潜航艇の松尾敬宇大尉の話は安倍元総理の談話で紹介された事は記憶に新しい。

奥山の独り言は続く・・・『…何時何処であろうと俺と部下達は死ねる…死に場所が欲しい…』
だが体力、気力、能力（戦闘力）に申分のない義烈空挺隊は健軍で長らく温存?されていた。・・・
五月十九日、待ちに待った戦闘指令が下った。
〈…隊ハX日Y時ヲ期シ…中略…主力ヲモッテ北飛行場一部ヲ以テ中飛行場ニ強行着陸シ一挙ニ敵飛行基地ヲ爆滅ス　爾後遊撃戦闘ニ移行シ敵飛行基地乃至後方ヲ攪乱シ全般ノ作戦ヲ有利ナラシム〉・・・長かった・・・
奥山は直ちに参謀本部と作戦行動の立案に入った。・・・空挺隊としての任務は状況を鑑み排除した。・・・『…自爆隊だがこれで良し…皇国の為に米軍に一泡食わせてやる！』・・・

その日がやって来た。

奥山大尉のオフィシャルコメントが〈日本ニュース〉（註8）六月九日第２５２号に遺されている。

〈出撃にあたり、隊長として最後の訓示を与える。待望の出撃の日は遂に到来した。平生、訓練の

成果を発揮をして、敵アメリカの心胆を震駭し、全軍決勝の先駆けとなるはまさに今日である〉

夕焼け雲が西の空に残る五月二十四日18：50、十二機の重爆に総員百十八名を十四人ずつ振分けた奥山はまず一番機に乗込んだ。辞世の句は既に認（したた）めてある。

〈我か頭　南海の島に　瞭さるも　我は微笑む　國に貢せば〉

この日までの数日は五月雨（さみだれ）が南九州全般に降っていた。その影響を受けて三日出撃が見送られた結果の事だった。

『思い残すことはない…どの機も金太郎飴だ俺の意をくんだ部下達ばかりだ…**どこ切っても勇者揃いだ**…俺は金太郎達に言ってある…ただでは死ぬな、**とことん米軍を苦しめろ**…』

『中野（註9）出身の隊員も良い戦闘員になった…期待している…』一人心の裡で呟いていた。

一方整備を担当した、川島兵曹は気が気でなかった。・・・

『…全機沖縄まで飛んでくれよ…一〇〇式（註10）勤めを果たしてくれ…頼む…』

今まさに隊列を組んで茜色の東の空に飛立つ重爆に帽振りながら忸怩（じくじ）たる思いを心中に抱いていた。

接着剤頼みの一〇〇式に・・・『…薩摩富士（開聞岳）さん宜しくお願いします…西郷（隆盛）さんお頼み申します…』

・・・全機出撃して機影が南の空に消えた頃健軍基地に夕闇が迫ってきた。
川島は部下の整備兵にぽつりと言った。

「…あの奥山大尉の部隊を死なせる為に俺達は接着剤造りをしたのだな…今は特攻しか道はないのかな…俺は生きていたら靖国に真っ先にお詫びしに行く…」
・・・「川島班長殿…私も一緒に行かせて下さい…私は私の持ち場で班長と共に特攻機の整備に携わりました…こんな旧式の機体に乗せるのかと情けない思いで九七式を磨きました。」
平尾二等兵曹は控えめに答えた。

「平尾、よく言った…俺達なりのけじめをつけような…」・・・戦史に登場しないこの二人の整備兵の会話は夕闇が静かに迫るように消えていった。


ここで九十七式重爆を操縦する第三独立飛行隊について述べる。この作戦の訓練当初から義烈空挺隊の輸送任務にあたり部隊を率いた諏訪部大尉以下二十名の部隊である。

先に述べた海軍の宮原少尉が操縦した一式陸攻が海面上50メートルで航行した操縦技術は陸軍でも共有されており、全員が高度な操縦技術を持つ集団であった。この当時戦闘機の特攻志願者は二十歳に満たない若者がほとんどであったが、なべて重爆の操縦士は経験豊富な人材が温存されていた。

（実際海面上5メートルでの超低空飛行を乗機し経験した報道カメラマンによって証言されている。）
・・・沖縄周辺空域ではこの低高度で敵の飛行場に迫る飛行計画であった。

エンジンの爆音が機内に響いている。奥山大尉の一番機。「辻岡、沖縄に着いたらお前が真っ先に出て行けよ、俺はゆっくり後から出かける…。敵さんの弾除けになってもらう…。」笑いながら辻岡少尉に話しかけた。・・・そんな奥山ではないと知っている辻岡は、「勿論です。敵の弾幕を突破してお迎えします。」と、応じた。

十二機が出撃した。だが、川島整備兵曹の必死の願いも空しく沖縄まで行けない機があった。まず四番機迄は飛行をつづけた。五番機、八番機、十番機、十一番機が突入を断念せざるを得なかった。エンジントラブルが原因であった。

知覧特攻平和会館の一つのコーナーに八番機で出撃した空挺隊員のビデオが上演されている。その方のコメントでもギリギリまで操縦した第三独立飛行隊員と機体の状況についてやり取りした状況が克明に説明されている。大方突入断念の機体が同じ理由であったと推察できる。

自分の最後の舞台を冷静に演じる、老いた俳優がトラブルを抱えた舞台装置を責めずに淡々と演じて舞台を続ける様に突入断念した機の乗員たちは次なる機会が与えられる事を只々念じていた。

尤も北飛行場（読谷）に向かった6機と中飛行場（嘉手納）に向かった2機の義烈空挺隊のみが作

戦任務にあたった訳ではない。

義号作戦（空挺特攻作戦）は陸海軍合同の過去最大の沖縄への夜間攻撃作戦となったのである。

陸軍、飛行場夜間爆撃に四式重爆撃機１２機、九十九式双発爆撃機１０機

海軍は義号作戦を援護するため、一式陸攻１７機、銀河、護衛（夜間）戦闘機１２機を投入決定した。・・・総力で沖縄の第三十二軍（司令官牛島満中将）の南部への転進を掩護する大作戦であった。

作戦決行の数日前の事である。・・・兵舎食堂の中での事だった。外は煙るような雨がしとしとと降っていた。・・・

「諏訪部よ…俺達と一緒に幾星霜だったな…浜松、西筑波と移ってきたが…長かった…お前達は飛行部隊だから（着陸が成功したら）何処か友軍基地へ飛んで行けないか？」奥山は第三独立飛行隊の諏訪部大尉に向かって語り掛けた。煙草を咥えてマッチをポケットから出し掛けていた諏訪部はその手を止めて奥山に向かって言った。

「落下傘もない先輩方を着陸させるだけで手一杯です…後は先輩方と一緒に戦うしかない…」

「それにしてもお前達を道連れにしたくはねえな…お前の連合いに恨まれる…」・・・奥山も煙草を取り出しながら言った。・・・

「馬鹿言わないでください。…俺を始め部下達も生きて帰れるなんてこれっぽっちも思ってない。奥山さん、俺達は腐れ縁ですよ…先輩が死ぬ時は俺も死ぬ…。」諏訪部の手がマッチの箱を取出し煙草

に火をつけた。

それを見ていた奥山は黙って自分の煙草をその火に近づけた。

二人とも大きく煙を吐き出した。

「そう言う事だな…諏訪部…笑えるぜ…ハッハッハ…」

「先輩もよく笑う人ですよ…ハッハッハ…」二人が哄笑している側を通っていた独立飛行隊の白戸隊員が「…?…」訝しげな目で二人を眺めた。

白戸は食器を片付けていたが諏訪部大尉に声を掛けられた。

「白戸、奥山大尉がお前と一戦交えたいとの事だ。相手してくれ…」・・・

白戸少尉は将棋連盟の四段を持っていた。高校時代に地元の棋塾で力をつけ京都大学に入った時四段を授かった。
志願して陸軍で訓練を受け諏訪部の第三独立飛行隊に編入されたのは昭和十九年十月の事だった。翌年三月、浜松基地から帰省（高槻）の折に小学生の弟を連れて高槻将棋会館を訪れた。看板だけの会館は戦況の悪化と時節柄、師匠だけが自宅を兼ねた会館を維持していた。・・・
「ご無沙汰しています…許可が出ましたので帰ってきました。…弟を鍛えて頂けませんか?…俺より素質があると思っているんです…」白戸圭一は弟恭介を前に押し出した。
これまで恭介を鍛えていたが、驚くほどの上達ぶりに『こいつを伸ばしてやりたい…俺の代わりに世に出してやりたい…』そういう思いで訪れてきたのであった。

戦後、白戸恭介は着々と段位を重ねプロ棋士となり棋界でその名を輝かせる人物となった。・・・

脇道にそれてしまったが健軍での話に戻す。

「…光栄です。奥山大尉殿是非お手合わせ願います。」何の異存もなかった。

・・・やがて二人は白戸が持ってきた駒を将棋盤に並べ始めた。振り駒から奥山が先手番となった。

きっちり並べられた盤面から奥山はまず角道を開けて始まった。

・・・私は詳しく書けないが九十手で投了した。奥山の完敗だった。隊の中ではかなりの指し手と

言われていた奥山だったがあっさりと兜を脱いだ。

「米軍(アメリカ)に一泡吹かせる心算の俺達だが白戸君にここまで牛耳られると立つ瀬がない…ハッハッハ…」

これまた笑い飛ばしたのだった。諏訪部も「奥山大尉、上には上があるという事です。…ハッハッハ」・・・

白戸は「……？……」黙していた。

こんな情景が出陣数日前に見受けられたのだった。

ここで再び五月二十四日の夕刻に戻る。

この頃、米軍は日本軍の暗号電報をほとんど解明していた。陸軍はかなりの難度で健全性を維持していたのだが、ガダルカナル島攻防の際の頻繁な交信から解読に成功し戦後まで至るのであった。

陸海合同の大規模ミッションが沖縄に向かっていることで、空母艦載機が読谷、嘉手納方面へ発進し、また基地の戦闘機もすべて発進した。時刻は午後十時になっていた。

奥山隊長機から「オクオクオク　オクオクオク　ツイタツイタツイタ　ツイタツイタツイタ」の入電があり、司令部、報道新聞記者達は歓喜の声を上げた。

先行した攻撃隊からは六機が北飛行場に爆撃、二機が中飛行場に爆撃した内容の入電があったので第六航空軍司令官菅原道大中将は零時丁度に大本営へ〈作戦成功〉の入電を指示した。

・・・突如、諏訪部と奥山の一番機にバリバリバリツと銃弾が降ってきた。F6Uが諏訪部の目前を通り過ぎて行った。暗夜の交戦である。敵機の銃口から発する曳光弾の光を頼りに銃座の隊員は応酬したが敵わなかった・・・

「諏訪部！大丈夫かッ」奥山の声が響いた。

「この野郎！俺をなめるなッ行くぞッ」機体を下げて中飛行場に向けた。

敵の飛行場になっている基地の誘導灯は消されている。しかし友軍の先行隊が投下した照明弾と爆弾が滑走路近くで炎上して視認できる。

「行くぞッ」諏訪部のこの言葉の直後、一番機は地上からの猛烈な砲火に見舞われた。

ベリベリッバリバリバリバリッいたるところに被弾した。

「諏訪部ッ、」奥山の声が響いた。・・・諏訪部は銃弾を浴びて血みどろになっていた。

だが、鬼神のごとく眼をカッと開き機を敵の燃料貯蔵タンクに向けて操縦した。

猛烈な火柱が上がった。・・・一番機の一番戦果であった。

もとより奥山も諏訪部も攻撃目標は頭に入っていた。

緻密な基地の地図が情報員から送られていたからである。

残念ながら攻撃参加できた八機のほとんどが撃墜全滅であった。二、三、六、七、九、十二番機の全てが猛烈な戦闘機からの機銃掃射、地上からの砲火を浴び火を噴いた。
白戸少尉操縦の七番機は、なんとか墜落寸前の機体をコントロールして滑走路のエプロンまで来た。
『香車だ…俺のこの機は…後一手で詰める…』・・・目の前に高射砲陣地が迫った・・・
『頂き!…』

ただ一機、町田一郎中尉操縦の四番機がすさまじい銃撃の中なんと着陸したのであった。

文字通り満身創痍だった。

飛行隊の三名を含む十四名の内十一名が脱兎のごとく飛出し当初の作戦通り駐機中の大小爆撃機、戦闘機をことごとく爆薬帯（註11）で破壊した。

なおも米保守隊と抗戦を続けながらも給水塔を爆破した。

彼方では一番機が突入した燃料タンクが轟々と火炎を挙げている。

読谷基地司令ムーア少将の乗機（C47）も爆破した。

地上部隊と交戦を繰返し義烈空挺隊の隊員も数を失っていた。・・・

その後緊急無線で駆け付けた海兵隊援軍が来たのは一時間後だった。

残った隊員達は寡数（かすう）やむなく掃討された。

翌二十五日午後一時半、残波岬（ざんぱみさき）で最後の一名の隊員が射殺された。

奥山大尉による「義烈空挺隊攻撃計画」の通り、〈米軍飛行場攻撃の後は海岸まで達し敵揚陸物資の破壊攻撃を行う〉指令が生きていたからである。まだ続く、この後、生存隊員は沖縄でゲリラ戦を展開する計画が隊員に沁みわたっていたのだった。

この隊員こそ中野学校から編入された隊員であった。


この義号作戦の戦果は、第六航軍の報告書、米海兵隊の記録が史実として残されている。（註12）

義烈空挺隊の出撃の報を受けた第三十二軍司令官牛島満中将は感謝電報を打っている。

〈壮烈雄渾なる義号、並びに菊水七号作戦の実施を感謝し、衷心より必成を祈念する。軍が目下為し得る限りの努力をなし、これに策応を期しつつあり〉南部への撤退作戦がこれにより成就した。

陸軍史上最強部隊を何故沖縄戦に投入したのか戦後の戦史分析でもまとまった評価は無い。
・・・**だが沖縄を守る為に帝国陸海軍は持てる戦力を全て投入したのは疑いが無い。**
・・・天皇は昭和二十年八月十五日終戦の詔を全国民、全軍に発せられた。
広島、長崎の原爆による世界史上例え様の無い被害もあった。
先に述べた米国の独善的な戦争観が亜細亜の誇り高き国家を蹂躙したのも事実である。
不条理な対米戦争が我が日本民族に与えた傷は大きかった。
・・・私は沖縄を失った事が終戦への引き金になった事を重視する。
そして次回作において、《第一章沖縄》へ筆を進める事を企図してこの章を終えたい。

令和五年二月八日未明　《第二章》脱稿

註1　桜花　文中記載してきたがロケットエンジン推進による攻撃機。自立滑走離陸は戦に至るまで実践化されなかった。後期型はモータージェットエンジンも採用された。

註2　回天　海軍の超大型魚雷〈九十三式三型魚雷（酸素魚雷）〉をベースに発案開発された自爆兵器である。文中記載したが脱出装置がなく母艦から発進したら最後交信もできずひたすら操艦者の技量でのみ攻撃目標に向かって行くしか術のない兵器であった。

註3　軍事郵便　大東亜戦争における帝国陸軍では〈野戦郵便局〉、帝国海軍では〈海軍軍事郵便所〉と呼ばれる簡易郵便局を占領地で展開した。国内においては文中記載した通りである。

註4　水原リンゴ事件　昭和八年（１９３３年）１０月２２日に東京六大学野球で発生した大乱闘事件である。数々のプレーをめぐり審判の判定が覆り両軍応援団がエキサイトしていた。そんな中、慶応大学三塁手水原茂が三塁側早稲田大学応援団から投げられたリンゴの芯をプレー中にスタンドへ投げ返したことが発端で揉めに揉め、はたまたグランドでの乱闘では収まらず、銀座の界隈で両チーム応援団、応援者達があちこちで乱闘を繰返し警察が出動する事態になった。グランドから銀座までの早慶の乱闘をこのように言った。

註5　石丸進一　日本大学出身。中日ドラゴンズの前身名古屋軍のエース。第五筑波隊で特攻戦没。（日本野球界でただ一名の特攻出撃であった。）戦後映画〈人間の翼・最後のキャッチボール〉が彼を悼む大勢の人々により制作された。〈海軍神雷部隊〉記述の彼のエピソードから使わせて頂いた。

註６　重爆　三菱　九十七式重爆撃機「キ２１」爆撃機の事を言う。制式採用は昭和１１年。中国大陸での爆撃任務に従事していた。エンジンは三菱一〇〇式一四五〇馬力。２，０６４機生産された。

註７　義烈空挺隊　敵飛行場に重爆（先述）で出撃し強行着陸して敵基地施設、駐留航空機を破壊撃破することを目的に出撃した部隊の事を言う。五月二十四日、嘉手納、読谷の敵基地に向け出撃した。義号作戦の中枢となった部隊の事を言う。

註８　日本ニュース　国策映画社の一つ。昭和二十年六月九日第２５２号に奥山大尉が出撃の際の最後の訓示が残されている。

註９　中野　陸軍中野学校の事。前身の「後方勤務養成所」が１９３８年に設立されてから終戦の１９４５年までの存在であった。インテリジェンス（諜報・謀略）を主に情報戦の主力となった。戦後２９年、フィリピン・ルバング島で投降した小野田寛郎少尉は「二俣分校」の出身である。「陸軍中野学校の教え」福山 隆著　ダイレクト出版　による。

註１０　一〇〇式　註６の九十七式重爆撃機のエンジンの呼称である。中島一〇〇式重爆撃機〈呑竜〉「キ４９」の事ではなく単にエンジンの事をここでは言っている。

註１１　爆薬帯　帯状爆薬の事。義烈空挺隊の武器の一つ。敵飛行場に降立ちＢ２９爆破のためにこの爆薬を機体に巻き付く様に投擲し破壊を目的とした。

註１２　米軍海兵隊の記録では、米軍機９機が破壊炎上（Ｆ４Ｕ戦闘機３機、Ｃ４７輸送機４機、Ｐ

Ｂ４Ｙ２爆撃機２機）２９機が損傷（ＰＢ４Ｙ２爆撃機２機、Ｆ４Ｕ戦闘機２２機、Ｃ４７輸送機２機）となっている。

令和五年四月二十八日未明　注釈終了

【解説】戦争と人間

但馬オサム

医学の進歩は目ざましい。ほんのふた昔前には、命がけの大手術が必要だった病気も今では内科治療で完治するケースも少なくない。この進歩は実に加速度的で、おそらく人類は、天敵であるガンさえ来世紀を待たずして克服してしまうのではないか。

しかし、いくら医学が進んだからといって、今日の目でもって、かつて命がけの手術を戦った患者を、医師を、嗤うことは許されるものではない。現在われわれが享受する最先端医療も、失敗成功を問わず過去の無数の術例の積み重ねの結果にほかならないからだ。

私は、先の大東亜戦争こそ、アジア太平洋地域にほどこされた命がけの大手術だったと思っている。なにぶん、人類もこんな手術を経験するのは初めてだった。病巣を探るあまり、切らなくていい部分を切ったこともあったかもしれない。大量出血やチアノーゼもあっただろう。しかし、どうにか、それらを乗り越え、結果として世界地図は大きく描き替えられた。西欧列強は、植民地のほとんどを失い、アジアから手を引くことになったのだ。手術は成功したのである。

これがマクロから見た、私の大東亜戦争観だ。戦争を単純な善悪で語ろうとすると、こういった視点はぼやけてしまう。

一方、ミクロに目を転じれば、あの時代を生きた日本人の数だけ、戦争観がある。当然、置かれた立場、環境、体験によって、その戦争風景は大きく異なるのだ。たとえば、前線で泥水を啜り草を食みながら進む兵士と、参謀本部で作戦を立案する立場では、同じ戦争を戦いながら、見える風景は違う。あるいは、陸軍か海軍か、北支か南方か、によってもそれは大きく分かれる。むろん、兵ばかりではなく、夫や父、兄、恋人の武運長久を祈る名もない庶民にも、個々の戦争体験がある。

本書の著者はこう記している。

《史実は事実であり客観的な第三者の理解（評価）と当事者の理解が一致した時、歴史上の出来事は〈解釈としての史実〉たりえる。

では第三者とは？……残念ながら存在しない。どの人間もその各人の知見を持って事象に向き合う…言ってみれば己の主観でしか物事を見れないわけだから、感情、感性、感覚を超越した客観性は存在しないという事である。》

歴史というものに、完全な第三者たる立会人はいないのである。だが、われわれは過去、こと、先の大戦を語るとき、まるで歴史の立会人であるかのようなふるまいをしがちだ。あたかも教科書を読まされているかのように。

たとえば、昭和18年10月の雨の神宮外苑の学徒出陣の壮行会。ＮＨＫなどのドキュメント番組などで、私が知るのは、悲壮なＢＧＭを被せたモノクロの映像である。あのビジュアル・インパクトは絶大だが、実際に元学徒兵の方々に話を聞くと、「女学生がキャーキャーいっていて、ちょっとうれしかった」「割り当てに足りないんで、理系の学生を混ぜた。みんな面白がっていたよ」などとお気楽な答えが返ってきて拍子抜けした憶えがある。中には、「雨だし、かったるそうなので、サボって友達といっしょに日劇にレビューを観にいったな。踊り子の脚も見納めだと思ってね」という強者もいた。

本書にその名が出てくる、人間魚雷「回天」、人間爆弾「桜花」の元搭乗員にもお話を伺うことができた。誰一人、自分を軍国主義の犠牲者だという人はいなかった。

むろん、それらもごく一部の声なのかもしれないが、彼ら前線の将兵を、犠牲者・可哀そうな人たちという目で見るのは、不遜極まりないことであると知るに充分だった。すべての結果を知った上で、過去を語るのは、われわれ戦後生まれは彼らよりも賢いというのにも等しいからだ。ピタゴラスの定理は中学校の数学で習い誰でも知っているが、だからといって、現代の中学生がピタゴラスよりも賢いわけではあるまい。

戦争は、生死を問わず多くの理不尽な別れを人々に強いる。同時に、戦争によって結ばれた縁（えにし）、戦争なくしては、おそらくはなかったであろう出会いも確かにある。本書でも、いくつかのそういった出会いが描かれている。ひとつ挙げるならば、東京大空襲下での渡辺ひろ子と竹田芳江・基子母子との出会いである。この出会いがなければ、ひろ子が田野中正雄と結ばれることもなかった。これもまた戦争のリアルであろう。

本書は、歴史を俯瞰して見た戦争を縦軸に、時代を懸命に生きたわれわれ祖父母たちの人間群像を横軸に、ビビットな筆致で綴りあげた奇跡の小品である。読み進むにつれて、焼け焦げたジェラルミンの機体の臭いも、復員兵の軍服にまつわりついた汗の臭いも、焦土の中から顔を出した新芽の萌える匂いもリアルに鼻をついてくる。私は、ここまで嗅覚に訴える文学というのも私は知らない。それだけでも貴重な体験であった。

泥沼にはまったウクライナ戦争。欧州では移民による暴動があとを絶たない。あるいは、BMやLGBT、差別をなくせという運動が新たな差別と分断を生んでいる。テロの脅威も依然として消えてはいない。今、世界中が殺伐とした空気に包まれている。もしかしたら、歴史の神は、人類に新たな世界地図の描き替えを求めているのだろうか。

できれば、それは大手術ではなく、人間の叡知という内科手術でなしとげてほしいが、それは望み薄なのかもしれない。戦後生まれのわれわれが賢いなんて、やはりおこがましい限りだ。

【参考文献】

『**海軍神雷部隊**』
編集：海軍神雷部隊戦友会
発行：1998年（平成8年）3月20日

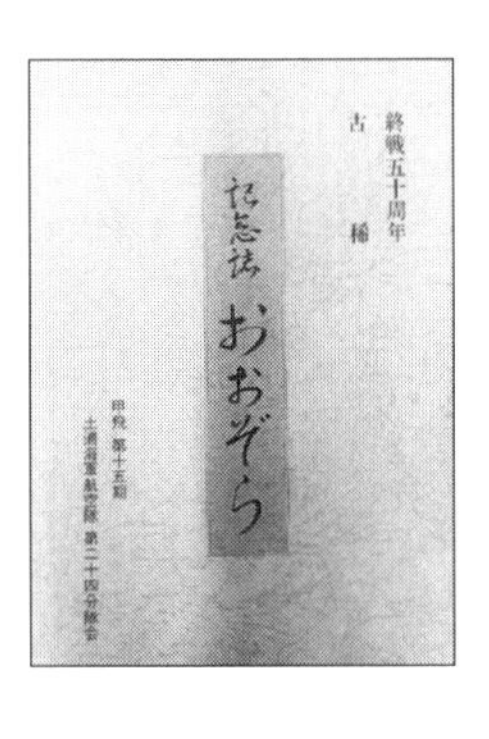

終戦五十周年 古稀
『**記念誌　おおぞら**』
甲飛 第十五期　土浦海軍航空隊 第二十四分隊
編集：記念誌編集刊行会
発行：2000年（平成10年）1月30日

［著者］
楢木　守（ならき・まもる）

1951年　兵庫県加古川市に生まれる
1969年　北海道教育大学函館校入学
1973年　加古川市の空調設備会社（株)明豊社入社
1978年　埼玉県川越市で独立開業
1979年　法人設立　同名の（株)明豊社とする
現在に至る

著書
1969年　詩劇ヨブ　北海道教育大学 桐花寮祭（函館）脚本
1970年　詩劇ヨブ２サークル百代草（加古川市）脚本
1971年　詩集　氷創　自製　限定発行（加古川市）
1971年　詩劇　棺桶の夢　アンダーグラウンド蠍座（新宿）脚本、主演
＜この間創作活動を休止＞
2006年　小説　海峡の風　脱稿
2018年　小説　海峡の風　出版　（株)ロムテック出版部
2022年　小説　R16　出版　東洋出版(株)

題名(だいめい)なき鎮魂歌(レクイエム)

発行日　2023年10月17日　第1刷発行

著者　楢木(ならき)　守(まもる)

デザイン　石崎(いしざき)　敏也(としや)

発行者　田辺修三
発行所　東洋出版株式会社
〒112-0014　東京都文京区関口1-23-6
電話　03-5261-1004（代）
振替　00110-2-175030
http://www.toyo-shuppan.com/

印刷・製本　日本ハイコム株式会社

ISBN 978-4-8096-7954-4
定価はカバーに表示してあります

ISO14001 取得工場で印刷しました